De Cock en de geur van rottend hout

A.C. Baantjer

De Cock
en de geur van rottend hout

Fontein Paperback

ISBN 90 261 0922 9
© 1996 Uitgeverij De Fontein bv, Postbus 1, 3740 AA Baarn
Omslagfoto: Joop Meijssen
Omslag: Twin Design [bv], Culemborg
Verspreiding voor België: Uitgeverij Westland nv, Schoten

Alle rechten voorbehouden. Niets uit deze uitgave mag worden verveelvoudigd, opgeslagen in een geautomatiseerd gegevensbestand, of openbaar gemaakt, in enige vorm of op enige wijze, hetzij elektronisch, mechanisch, door fotokopieën, opnamen, of enige andere manier, zonder voorafgaande schriftelijke toestemming van de uitgever.

Voor zover het maken van kopieën uit deze uitgave is toegestaan op grond van Artikel 16B Auteurswet 1912 j° het Besluit van 20 juni 1974, St.b. 351, zoals gewijzigd bij Besluit van 23 augustus 1985, St.b. 471 en artikel 17 Auteurswet 1912, dient men de daarvoor wettelijk verschuldigde vergoedingen te voldoen aan de Stichting Reprorecht (Postbus 882, 1180 AW Amstelveen). Voor het overnemen van gedeelte(n) uit deze uitgave in bloemlezingen, readers en andere compilatiewerken (artikel 16 Auteurswet 1912) dient men zich tot de uitgever te wenden.

1

Zachtjes wiebelend op de ballen van zijn voeten, stond rechercheur De Cock van het politiebureau aan de Amsterdamse Warmoesstraat voor de beregende ruiten van de grote recherchekamer en staarde somber naar de glimmende daken van de kleine huisjes aan de overkant. Bevangen door een lichte huivering zag hij toe hoe een fel jagende najaarsstorm de hanglampen in de straat aan hun kabels deed schommelen.
Schuin beneden in de smalle Heintje Hoekssteeg stond een man tegen een muur te plassen. De Cock bezag het met enige weemoed. Vroeger zouden onmiddellijk een paar dienders uit de wachtkamer zijn gestormd om de man te bekeuren... het-is-verboden-om-buiten-privaten-en-waterplaatsen-datgene-te-doen-waarvoor-die-inrichtingen-bestemd-zijn. Hij kende het artikel uit de Algemene Politie Verordening nog uit zijn hoofd. Nu gebeurde er niets. Geen diender te zien. Voor het front van het oude politiebureau ritste de man zijn gulp dicht, knoopte zijn regenjas vast en kuierde in de luwte van de steeg op zijn gemak in de richting van de Wallen. De muur walmde nog wat na.
De Cock was in een niet te best humeur. Na het geruchtmakende onderzoek van de parlementaire enquêtecommissie Opsporingsmethoden, was er naar zijn gevoel in het Amsterdamse politiekorps een zekere lauwheid geslopen, een lauwe loomheid in al haar geledereren. Alle elan leek uit het korps verdwenen. Het scheen alsof zelfs de jongere dienders niet meer in hun werk geloofden. Ze handelden vaak ongeïnteresseerd... zonder motivatie. Het deed de grijze speurder pijn. Hij was nog een man van de oude stempel, die altijd met overtuiging zijn werk deed en PLICHT schreef met hoofdletters. Natuurlijk was pissen op de openbare weg geen halsmisdrijf, maar...
Vledder, zijn jonge assistent, kwam naast hem staan en onderbrak zijn overpeinzingen.
'Weet je,' sprak hij jolig, 'waarom ambtenaren 's morgens nooit uit het raam kijken?'
De Cock produceerde een zoetzuur lachje.
'Anders hebben ze 's middags niets meer te doen,' antwoordde hij wrang. 'Het is een grapje met een baard.'

Vledder maakte een verontschuldigend gebaar.
'Ik moest er aan denken toen ik jou zo zag staan.' De jonge rechercheur glimlachte. 'Ben je je zonden aan het overdenken?'
De Cock draaide zich half om en schudde zijn hoofd.
'Zonden moet je niet overdenken. Dan is het te laat. Ik dacht aan hedonisme.'
Vledder trok een vies gezicht.
'Aan wat?'
'Hedonisme.'
'Ken ik niet.'
'Hedonisme... komt van het Griekse hedone, dat lust of genot betekent.'
Vledder grinnikte.
'En daar dacht jij aan?'
In zijn stem trilde een lichte ironie.
'Het hedonisme is een filosofie... een oude wijsgerige leer,' antwoordde De Cock docerend, 'stamt al uit de vierde eeuw voor Christus. Het is een leer die er van uitgaat dat genot het hoogste goed is en dat de mens alleen dient te streven naar bevrediging van zijn zinnelijke verlangens.'
'Wat is daar mis aan?' vroeg Vledder lachend.
De Cock trok zijn gezicht in een ernstige plooi.
'Alles,' antwoordde hij scherp. 'Wanneer lust en genot inderdaad het hoogste goed is en ieder mens alleen maar de bevrediging van zijn eigen zinnelijke verlangens zou nastreven, dan functioneert de maatschappij op den duur niet meer.'
'Over dat soort onzin denk jij na?' vroeg Vledder ongelovig.
De Cock schudde zijn hoofd.
'Het is geen onzin,' sprak hij somber. 'Onze samenleving begint hedonistische trekjes te vertonen. Denk maar eens aan ons leger van genot najagende verslaafden, aan de vele echtscheidingen in de laatste decennia, aan het fenomeen van de calculerende burger, die alleen zijn eigen belang wil zien. Geestelijke waarden raken steeds meer op de achtergrond.'
'Je had dominee moeten worden,' snoof Vledder.
Over het brede gezicht van De Cock gleed een zoete glimlach.
'Ik ben op Urk geboren en elke Urker is van nature...'
Vledder vulde grijnzend aan:
'...een dominee met een eigen kansel.'

Terwijl de oude rechercheur nog over 'zijn eigen kansel' nadacht, werd er op de deur van de grote recherchekamer geklopt en Vledder riep: 'Binnen.'
Intuïtief keek de grijze speurder omhoog naar de grote klok. Het was zeventien minuten over tienen. De Cock schrok van de tijd. Hij was al meer dan vijf kwartier op het bureau en had die dag nog geen dossier ingezien. Zijn blik gleed van de klok omlaag.
De deur van de recherchekamer schoof langzaam open en in de deuropening verscheen de gestalte van een knappe vrouw. De Cock schatte haar op achter in de dertig. Ze droeg een groene duffelse houtje-touwtje-jas met een capuchon. Haar voeten staken in korte groene laarsjes. Ze duwde haar capuchon naar achteren. Prachtig lang golvend haar gleed als glanzend mahonie over haar schouders. Daarna maakte zij de houtje-touwtje-sluitingen los en schudde de regen van haar jas. Met haar tasje onder haar arm stapte ze statig naderbij.
De Cock slenterde van de beregende ramen vandaan en gebaarde uitnodigend naar de stoel naast zijn bureau.
'Waarmee zou ik u van dienst kunnen zijn?' vroeg hij vormelijk.
De vrouw nam niet onmiddellijk plaats. Ze keek de grijze speurder met haar helgroene ogen onderzoekend aan.
'U... eh, u bent rechercheur De Cock?' vroeg ze wat onzeker.
'Inderdaad,' antwoordde hij gelaten, 'dat ben ik. De Cock met cee-ooceeka.'
Er gleed een glimlach om de mond van de vrouw.
'Dan ben ik goed,' sprak ze zacht. 'Mijn dochter zei dat u een aardige man was.'
'Uw dochter?'
'Ja, Florentine de Graaf. U hebt haar eens geholpen toen ze door haar toenmalige vriend was geslagen. Hij was een vent met losse handjes.'
De Cock staarde even voor zich uit. Testte zijn warrig geheugen. Maar op de rommelige zolderkamer van zijn herinnering kon hij zo snel geen Florentine de Graaf vinden. Dus hield hij zich stil.
De vrouw deed haar natte duffelse jas uit. Vledder kwam overeind, pakte de jas aan en bracht die naar de kapstok. De vrouw nam plaats en zette haar tasje op haar schoot.
'Florentine zei,' sprak ze warm, 'dat u een man was die kan luisteren.' Ze schudde afkeurend haar hoofd. 'Die kom je niet veel te-

gen... luisterende mannen. Ze praten liever.'
De Cock reageerde niet. Hij liet zich in zijn stoel achter zijn bureau zakken, leunde iets achterover en nam haar nauwkeurig in zich op. Ze was, zo stelde hij hedonistisch vast, een mooie vrouw... een gerijpte schoonheid, die imponeerde en die een warme tinteling door zijn bloed stuwde. Terwijl de exotische geur van haar parfum hem omringde, vroeg de oude rechercheur zich af hoe oud haar dochter Florentine kon zijn. Achttien... twintig?
Na een pauze van enkele seconden boog De Cock zich iets naar voren.
'U bent mevrouw De Graaf?' opende hij voorzichtig.
De vrouw glimlachte.
'Mathilde... Mathilde Venema. Venema is mijn meisjesnaam. Ik ben met De Graaf getrouwd... Ferdinand de Graaf.'
Verder zweeg ze, alsof deze informatie voor de rechercheur afdoende was.
De Cock gebaarde in haar richting.
'Ik heb u gevraagd,' drong hij zachtjes aan, 'waarmee ik u van dienst zou kunnen zijn.'
Mathilde de Graaf verschoof iets op haar stoel.
'Het gaat over mijn man,' sprak ze aarzelend, 'over mijn Ferdy. Zo noem ik hem. Ik vind Fer-di-nand zo'n stijve naam.'
'Wat is er met uw man?'
'Hij is weg.'
'Sinds wanneer?'
Mevrouw De Graaf zuchtte diep.
'Sinds drie dagen. Ik had gisteravond al naar u toe willen komen, maar Florentine zei: wacht eerst de nacht nog maar eens af.'
De Cock schudde zijn hoofd.
'Het is niet uitzonderlijk dat een man bij zijn vrouw wegloopt.'
Mevrouw De Graaf keek hem aan. Er vonkte vuur in haar helgroene ogen.
'Ferdinand is niet bij mij weg-ge-lo-pen. Mannen lopen niet bij mij weg.'
De Cock verborg een glimlach achter zijn hand.
'Wanneer hebt u uw man voor het laatst gezien?'
'Woensdagmorgen toen hij op de gebruikelijke tijd naar zijn kantoor aan de Herengracht ging.'
'En dat is?'

'Even over negenen. Hij wacht altijd tot de ochtendspits wat is geluwd.'
'Hij is wel op kantoor aangekomen?'
'Volgens zijn secretaresse is hij kort voor de lunch weggegaan voor een afspraak.'
'Met zijn auto?'
Mevrouw De Graaf schudde haar hoofd.
'Te voet. Zijn wagen staat nog op de gracht voor zijn kantoor.'
'Met wie... met wie had hij die afspraak?'
Mevrouw De Graaf aarzelde even.
'Een vrouw.'
'Een bekende?'
'Volgens zijn secretaresse was zij ook geen zakenrelatie van mijn man. Mijn man is al jaren directeur van een import en exportbedrijf. Zijn secretaresse kende de vrouw niet.'
'Wist de secretaresse dan met wie uw man een afspraak had? Heeft zij de vrouw gezien, of gehoord?'
Mevrouw De Graaf schudde haar hoofd.
'Nee, ze kon mij niets vertellen.' Ze frommelde nerveus aan het tasje op haar schoot. 'Toen Ferdy woensdagavond niet thuis kwam en ook de nacht wegbleef, ben ik de volgende morgen naar zijn kantoor gegaan. Op zijn bureau vond ik een notitie: *Adelheid van Heerlen 13.00 uur.*'
'Zijn handschrift?'
'Absoluut.'
'Hebt u die notitie aan zijn secretaresse laten zien?
'Ze had die notitie zelf al opgemerkt. Maar de naam Van Heerlen zei haar niets. Ze kon zich ook niet herinneren of mijn man wel eens met Adelheid van Heerlen had gebeld.'
'En uw man heeft aan de secretaresse ook geen uitleg gegeven over zijn afspraak... niet gezegd wanneer zij hem weer terug kon verwachten?'
Mevrouw De Graaf schudde haar hoofd.
'Hij vertrok van kantoor... zo rond half een en nadien hebben noch ik noch zijn secretaresse taal of teken van hem vernomen.'
De Cock boog zich iets naar haar toe.
'Hebt u zelf al navraag gedaan naar die... eh, die mysterieuze Adelheid van Heerlen?'
'In het telefoonboek van Amsterdam komt de naam Van Heerlen niet

voor. Ik heb al onze kennissen afgebeld. Niemand had ooit van Adelheid van Heerlen gehoord.' Ze zweeg even. 'Iemand raadde mij aan om een privé-detective in de arm te nemen. Maar dat vind ik zo'n achterbaks gedoe.'

De Cock wreef met zijn pink over de rug van zijn neus.

'Toch... eh, toch heeft het er veel van weg,' formuleerde hij voorzichtig, 'dat uw man zich een kleine buitenechtelijke escapade heeft veroorloofd.'

Mevrouw De Graaf stak haar kin iets omhoog.

'Mijn man,' sprak ze met stemverheffing, 'heeft zich nog nooit een... eh, een kleine buitenechtelijke escapade veroorloofd. Als hij voor zaken op reis moest, ging ik met hem mee. Hij heeft nog nooit een nacht zonder mij doorgebracht. Ik zou dat ook nooit hebben toegestaan... Het had het absolute einde van ons huwelijk betekend.'

De Cock zuchtte diep.

'Geeft u mij eens een gegronde reden waarom ik ambtelijk naar uw man zou gaan zoeken?'

Met ogen groot van verbazing keek ze De Cock aan.

'Omdat... eh, omdat hij weg is,' stamelde ze onthutst. 'Omdat er iets met hem moet zijn gebeurd... iets ergs.' Ze tikte met haar wijsvinger op haar borst. 'Dat voel ik... hier van binnen.'

De Cock knikte traag voor zich uit.

'Vrouwelijke intuïtie.'

'Precies.'

De Cock strekte zijn hand naar haar uit.

'Hebt u een foto van uw man meegenomen?'

Mevrouw De Graaf opende het tasje op haar schoot.

'Deze is vrij recent.' Ze legde een foto op het bureau. 'Die heeft hij vorige week laten maken. Het was op verzoek van mijn dochter. Florentine gaat binnenkort op kamers wonen en wilde een foto van haar vader voor op haar bureau.'

De Cock schoof de foto naar zich toe. Het was het portret van een wat kalende man met een bol, vlezig gezicht. De oude rechercheur wees naar Vledder.

'Geeft u aan hem straks maar een volledig signalement van uw man.' Hij kwam uit zijn stoel overeind. 'En stuurt u straks even uw dochter naar mij toe.'

Mevrouw De Graaf keek hem verwonderd aan.

'Mijn dochter?'
De Cock knikte.
'Uw dochter.'
'Wat heeft Florentine hier mee te maken?'
De Cock toonde zijn beminnelijkste glimlach.
'Dochters weten vaak meer van hun vader, dan hun moeder.'

Toen mevrouw De Graaf uit de grote recherchekamer was vertrokken, nam De Cock weer achter zijn bureau plaats.
De exotische geur van haar parfum hing als een wolk om hem heen. De oude rechercheur snoof en wist dat hij Mathilde de Graaf en de geur van haar parfum nooit meer zou vergeten.
Vledder vroeg zijn aandacht. De jonge rechercheur tikte met zijn ballpoint op het signalement dat hij van Ferdinand de Graaf had opgenomen.
'Doen we hier wat aan?'
De Cock maakte een schouderbeweging.
'Informeer eens of men ergens in het land met een onbekend lijk zit. En als meneer Ferdinand de Graaf morgenochtend nog niet boven water is, dan zetten we een veeooveetje op de telex; verzoek opsporing verblijfplaats.'
'Een ongeluk wordt gevreesd?'
De Cock trok een grijns.
'Dat is de geijkte formulering. Anders komt het verzoek niet in het *Opsporingsblad*.'
'Jij gelooft niet in een ongeluk?'
De Cock negeerde de vraag.
'Hoe oud is onze Ferdinand de Graaf?'
'Tweeënveertig.'
De Cock gniffelde.
'Dat is zesmaal zeven.'
Vledder keek hem niet-begrijpend aan.
'En?'
De Cock spreidde zijn handen.
'*The seven years itch*,' riep hij vrolijk. 'De Engelsen zeggen dat mannen om de zeven jaar een kriebeling krijgen om iets ondeugends te doen.'
Vledder knikte begrijpend.
'En daar is onze Ferdinand nu mee bezig?'

'Het zou mij niets verbazen,' antwoordde De Cock.
Vledder begreep hem:
'Dat zijn dan jouw hedonistische trekjes in onze samenleving... het streven naar bevrediging van zinnelijke verlangens.'
De Cock keek zijn jonge collega schuins onderzoekend aan. Maar nog voor hij kon reageren, rinkelde de telefoon op zijn bureau. Vledder boog zich naar voren, nam de hoorn op en luisterde. Het duurde enkele minuten. Toen legde hij de hoorn op het toestel terug. Zijn gezicht stond somber.
'Is de Rigakade voor ons?'
De Cock knikte.
'De Houthaven behoort tot ons ressort.' De oude rechercheur trok zijn wenkbrauwen op. 'Wat is er aan de Rigakade?'
'Daar is in een verlaten loods het lijk van een man gevonden.'
'Vermoord?'
Vledder knikte.
'Een nekschot.'

2

Op de gladde houten steiger achter het politiebureau drukte De Cock zijn vilten hoedje steviger op zijn hoofd. De regen striemde zijn gezicht en een felle wind plukte aan de panden van zijn oude regenjas.
Toen hij naast Vledder in de Golf zat, trok hij het portier met een klap dicht. Hij liet zich onmiddellijk onderuitzakken en duwde met zijn duim de rand van zijn hoed terug.
'Beestenweer,' gromde hij. 'Jammer voor de kinderen vanavond met hun lampionnetjes.'
Vledder keek hem niet-begrijpend aan.
'Wat voor lampionnetjes?'
'Het is elf november... Sint-Maarten. Mijn vrouw heeft al snoepgoed ingekocht.'
De jonge rechercheur reageerde niet. De Sint-Maartentraditie was hem vreemd. Hij startte de motor, deed de ruitenwissers aan en reed weg. Via het Damrak bereikten ze de Prins Hendrikkade en reden over de Haarlemmer Houttuinen naar het Haarlemmerplein. Vledder blikte opzij.
'Hoe verder?'
De Cock drukte zich iets omhoog en keek om zich heen.
'Je had beter via de Westerdoksdijk kunnen gaan,' bromde hij. 'Dat is korter. Rij nu maar om de Haarlemmerpoort heen, daarna rechts naar de Spaarndammerstraat. Dan kom je er ook.'
Op de Rigakade stond een roodgestreepte politiewagen met zwaailicht voor de ingang van een oude halfronde loods van golfplaat. Vledder stopte achter het blauwe zwaailicht en de rechercheurs stapten uit de Golf. Een jonge diender liep op hen toe en tikte ter begroeting aan zijn pet. Daarna duimde hij over zijn schouder.
'Voorzover ik weet wordt die loods al jaren niet meer gebruikt. En wees voorzichtig. Hij is aardig gammel. Als de wind nog even aanwakkert, stort hij in.'
De Cock keek omhoog en schudde zijn hoofd.
'Dat is een oude legerloods uit de oorlog. Die storten niet in... die roesten door.'
De jonge diender snoof.
'Het regent daarbinnen net zo hard als buiten.' Hij slofte voor de

13

rechercheurs uit de loods in. 'Een oude zwerver heeft hem gevonden. Die zocht in de loods een beschut plekje tegen de wind.'
'Heb je zijn naam?'
De diender knikte.
'Als u hem nog wilt spreken. Hij zit in het tankstation aan de Spaarndammerdijk bij een bak koffie. Daar is hij heengelopen en heeft zijn verhaal verteld. Het personeel van het tankstation heeft ons toen gewaarschuwd.'
'Heb je de meute* al opgeroepen?
De diender knikte.
'Middels de wachtcommandant.'
'Goed.'
Het was schemerig donker in de oude loods en het geurde er muf naar rottend hout. De jonge diender had gelijk. Het regende in de loods vrijwel net zo hard als buiten. Het kletterde uit gaten in het dak op een oneffen vloer van oude straattegels.
Achter in de loods, op resten van jutezakken, lag op zijn buik een grote, zwaargebouwde man. Zijn benen waren iets gespreid. Zijn armen lagen langs zijn lichaam. Van de handen staken de vingers omhoog.
De Cock nam de situatie even in ogenschouw. Daarna hurkte hij bij de dode neer. Het licht van zijn zaklantaarn gleed over het achterhoofd van het slachtoffer. In de nek van de dode, even onder de haargrens, ontdekte hij een kleine ronde wond, omringd door een krans van kruitslijm.
De oude rechercheur vroeg zich af of de kogel het hoofd aan de voorzijde weer had verlaten. Hij legde zijn zaklantaarn naast het hoofd van de dode en tilde diens rechterschouder iets op. In het lichtschijnsel werd het gelaat van de man zichtbaar.
De Cock kneep even zijn ogen dicht. Door zijn lichaam pulseerde een schok van herkenning.
Vledder stond diep over hem heen gebogen. De hete adem van de jonge rechercheur kriebelde in zijn nek.
'De Graaf,' hijgde hij.
De Cock knikte.
'Ferdinand de Graaf... zonder twijfel.'

---

* meute, mensen die bij de behandeling van een moord nodig zijn

Bram van Wielingen stormde gehaast de loods binnen. Hij zette zijn metalen koffertje naast het lijk en drukte de toegestoken hand van De Cock.
'Ik heb weinig tijd. In Slotervaart ligt er nog een op mij te wachten.' Hij keek de oude rechercheur even verward aan. 'Ben je niet in de war?'
'Hoezo?'
Bram van Wielingen grijnsde.
'Ik ben je zelden overdag bij een lijk tegengekomen. In de regel maak je er nachtwerk van.'
De Cock maakte een verontschuldigend gebaar.
'Ik kies de momenten niet zelf uit.'
De fotograaf wierp een blik op de dode.
'Meneer is goedgekleed. Een jas met een bontkraag. Een dure jongen?'
De Cock trok zijn schouders op.
'Directeur van een import en exportbedrijf... wat dat ook moge zijn.'
'Je weet al wie hij is?'
De Cock knikte.
'Ene Ferdinand de Graaf. Zijn vrouw heeft vanmorgen bij mij aan de Warmoesstraat zijn vermissing gemeld.'
Bram van Wielingen bukte naar zijn koffertje, pakte zijn Hasselblad en monteerde routineus een flitslicht.
'Heb je nog bijzondere wensen?'
De Cock bescheen met zijn zaklantaarn de nek van de dode.
'Ik wil een mooi plaatje van het in-schot. Probeer vooral die kruitslijmkrans goed weer te geven. En als dat hier in de loods niet lukt, dan moet je het morgen voor het begin van de sectie nog eens proberen.'
Bram van Wielingen tuitte zijn lippen.
'Het lukt hier wel.'
'Ik heb in zijn gezicht geen uit-schot gezien. Ik denk dat de kogel nog ergens onder zijn schedeldak zit.'
De oude rechercheur zwaaide om zich heen.
'En ik wil ook een paar plaatjes van het interieur van deze loods.'
Bram van Wielingen knikte.
Terwijl het licht van de fotograaf flitste, kwam dokter Den Koninghe de loods binnen. Achter hem torenden twee levensgrote broe-

ders van de Geneeskundige Dienst, een brancard tussen hen in.
De Cock liep op de dokter toe. De grijze speurder koesterde sinds lang een bijzondere genegenheid voor de excentrieke lijkschouwer met zijn ouderwetse grijze slobkousen onder een deftige streepjesbroek, zijn stemmig zwart jacquet en zijn verfomfaaide groen uitgeslagen garibaldihoed.
De oude rechercheur begroette hem allerhartelijkst en begeleidde hem naar de plek waar de dode lag.
'Alles goed?' vroeg hij belangstellend.
Dokter Den Koninghe wees naar de dode op de halfvergane jutezakken.
'Met hem niet,' sprak hij hoofdschuddend.
De Cock onderdrukte een glimlach.
De oude lijkschouwer trok aan de vouw de pijpen van zijn pantalon iets omhoog en hurkte bij de dode neer. Bij het licht van de zaklantaarn van De Cock bezag hij de wond in de nek.
Na enkele minuten kwam de lijkschouwer omhoog. Zijn oude knieën kraakten. Met precieze bewegingen nam hij zijn bril af, pakte zijn witzijden pochet uit het borstzakje van zijn jacquet en poetste de glazen. De Cock kende de bewegingen en wachtte gelaten.
'Hij is dood,' sprak hij laconiek.
'Dat begreep ik,' reageerde De Cock simpel.
Dokter Den Koninghe wees naar de dode.
'Al enige dagen.'
'Enige dagen?' herhaalde De Cock vragend.
De lijkschouwer knikte, zette zijn bril weer op en plooide zijn pochet terug in het borstzakje van zijn jacquet.
'De rigor mortis... de lijkstijfheid, is al vrijwel geheel verdwenen. Zelfs aan de kaak. De lijkstijfheid verdwijnt meestal na de derde dag.'
Dokter Den Koninghe zweeg even en keek naar De Cock op. 'Gezien de kruitslijmsporen,' ging hij verder, 'moet de moordenaar de mond van de loop van zijn vuurwapen vrijwel direct tegen de huid van het slachtoffer hebben gedrukt. Het lijkt op een executie.'
De oude lijkschouwer lichtte tot afscheid zijn hoedje, draaide zich om en liep de loods uit.
De Cock keek hem na. Daarna wendde hij zich tot de fotograaf, die zijn fraaie Hasselblad behoedzaam in zijn koffertje teruglegde.

'Ben je klaar?'
Bram van Wielingen knikte.
'Ik heb alles. Morgenochtend heb je de plaatjes op je bureau.' Hij blikte om zich heen. 'Alles nat en vochtig. In deze gore loods is voor een dactyloscoop niets te vinden.' Hij keek De Cock vragend aan. 'Of zie jij het anders?'
De oude rechercheur schudde zijn hoofd.
'Laat Ben Kreuger maar wegblijven.'
Bram van Wielingen nam afscheid en De Cock wenkte de broeders naderbij. Ze schoven het lijk op de brancard, drapeerden een laken om hem heen, sloegen de canvas flappen terug en sjorden de riemen vast. Zachtjes wiegend droegen ze de dode de loods uit.
Vledder kwam naast hem staan.
'Hoe vertellen we het mevrouw De Graaf?'
De Cock blikte opzij.
'Hoe?'
'Ja.'
'In begrijpelijk Nederlands.'

'Moeder zei dat u mij wilde spreken.'
De Cock keek de jonge vrouw die aan zijn bureau was komen zitten onderzoekend aan. En ineens wist hij het. Florentine de Graaf had hetzelfde haar als haar moeder. Rood met een gloed van mahonie. Ook haar stem had dezelfde klank.
Ongeveer een jaar geleden was ze bij hem komen klagen over de vriend met wie zij samenwoonde. Die vriend zou haar hebben mishandeld. Een blauwe plek op haar voorhoofd getuigde daarvan. Maar toen hij haar vroeg of zij een officiële aangifte tegen haar vriend wilde doen, had ze geweigerd. Ineens wist hij ook weer de naam van haar vriend, Roger... Roger ter Beek, een jongeman die... als hij zich goed herinnerde... handelde in gebruikte auto's.
'Moeder zei dat u mij wilde spreken,' sprak ze nog eens.
De Cock knikte.
'Uw moeder heeft vanmorgen bij mij melding gemaakt van het vermissen van uw vader.'
Florentine de Graaf glimlachte.
'Dat deed ze op mijn aanraden.'
'Wilde ze geen melding maken?'
Florentine knikte nadrukkelijk.

'Dat wel. Maar ik heb haar gezegd dat ze naar u... naar rechercheur De Cock aan de Warmoesstraat moest gaan, omdat ze dan de zekerheid had dat de vermissing van vader de juiste aandacht kreeg.' Ze glimlachte opnieuw.
'U hebt mij destijds ook goed geholpen.'
'Hebt u toen mijn advies opgevolgd?'
Florentine de Graaf liet haar hoofd iets zakken.
'U had gelijk,' antwoordde ze zacht. 'Mannen die een vrouw mishandelen, zijn als levenspartner niet zo geschikt.'
'U bent bij hem weggegaan?'
Florentine knikte.
'Dat met Roger was een mislukt experiment. Dat gebeurt mij niet meer. De volgende keer ga ik beslist selectiever te werk.'
De Cock glimlachte.
'En nu?'
'Ik ben weer bij mijn moeder ingetrokken.'
De Cock boog zich iets naar haar toe.
'Kent u Adelheid van Heerlen?'
Florentine keek hem niet-begrijpend aan.
'Adelheid van Heerlen?'
'Ja.'
'Wie is dat?'
'Heeft uw moeder het u niet verteld?'
'Wat?'
'Adelheid van Heerlen was de vrouw met wie uw vader drie dagen geleden een afspraak had.'
'Het verbaast mij niets,' antwoordde Florentine zonder aarzeling.
'Wat verbaast u niets?
'Dat vader een afspraak had met een vrouw.'
De Cock veinsde verbazing.
'Toen ik vanmorgen suggereerde dat uw vader zich mogelijk een kleine buitenechtelijke escapade veroorloofde, reageerde uw moeder furieus. Ze achtte ontrouw van uw vader uitgesloten.'
Florentine de Graaf schudde afkeurend haar hoofd.
'Moeder geeft naar buiten toe altijd een verkeerd beeld van haar huwelijk. Ik begrijp dat niet. Haar huwelijk met vader is niet zo harmonieus... is dat nooit geweest. Vader is een man die geen vrouw met rust kan laten. Dat is ook de reden dat ik destijds met Roger samen ben gaan wonen.'

De Cock fronste zijn wenkbrauwen.
'Hij viel ook u lastig... zijn eigen dochter?'
Florentine zuchtte diep.
'Vader is ten opzichte van mij nooit ontspoord. Maar dat was niet zijn verdienste.'
'U bedoelt,' vroeg De Cock kalm, 'dat hij u wel eens oneerbare voorstellen heeft gedaan?'
Florentine grinnikte.
'Het waren nooit voor-stel-len.'
'Handtastelijkheden?'
'Pogingen... het waren nooit meer dan pogingen. Pogingen, die ik onmiddellijk afstrafte.' Ze zweeg even. 'Het was vervelend... bedierf de sfeer in huis.'
De Cock liet het onderwerp rusten. Hij wreef met zijn vlakke hand over zijn breed gezicht.
'U... eh, u bent niet zo erg op uw vader gesteld?' formuleerde hij voorzichtig.
Florentine schudde haar hoofd.
'Ik vermijd hem zo veel als doenlijk. Dat moeder het al zo lang met hem uithoudt, verbaast mij. Ik was al lang bij hem weggelopen.'
Ze strekte haar rug.
'Moeder is een knappe, aantrekkelijke vrouw. Zeker voor haar leeftijd. Ze heeft nog kansen genoeg voor een gelukkig leven.'
'Met een ander?'
'Precies.'
'Dat hebt u haar al dikwijls voorgehouden?'
Florentine knikte heftig.
'Ik praat voortdurend op haar in. Maar ze wil van geen echtscheiding horen.'
'Het is moeilijk in te schatten wat mensen bindt,' filosofeerde De Cock.
'Er is niets wat die twee bindt,' riep Florentine heftig. 'Het is louter koppigheid. Ze zijn nu al meer dan tien jaar opgewekt bezig elkaars leven te verknoeien.'
De Cock plukte aan het puntje van zijn neus.
'U... eh, u zou het niet erg vinden als de vermissing van uw vader een... eh, een eeuwige status krijgt?'
Florentine de Graaf schudde haar hoofd.

'Voor mij hoeft hij nooit meer terug te komen. Ik hoop dat die Adelheid... hoe heet ze ook weer verder?'
'Van Heerlen.'
'Dat die Adelheid van Heerlen hem zo in haar ban heeft, dat hij besluit bij
haar te blijven.'
De Cock nam een kleine pauze. Hij had het gevoel dat het moment naderde om opening van zaken te geven.
'We hebben uw vader,' sprak hij somber, 'een uurtje geleden gevonden.'
'Gevonden?'
'Ja.'
'Waar?'
De Cock bracht zijn handen naar voren en drukte de vingertoppen tegen elkaar.
'In de Houthaven, in een oude verlaten schuur.'
Florentine keek hem verbaasd aan.
'Wat moest hij daar doen?'
De Cock schudde zijn hoofd.
'Dat is een raadsel, waarmee wij ons ernstig bezig zullen houden.'
'Een raadsel?'
De Cock knikte.
'Misdaad is ons vak.'
Florentine keek hem strak aan.
'Wat heeft vader met misdaad van doen?'
De Cock antwoordde niet direct.
'Ik ga straks met u mee om het uw moeder te vertellen. Ook dat behoort tot ons vak.'
Florentine tastte met haar ogen zijn gelaatstrekken af. Het was alsof begrip plotseling bezit van haar nam.
'Vader is dood?'
Het was een vraag en een vaststelling.
De Cock knikte.
'Iemand schoot hem van dichtbij neer.'
Florentine staarde voor zich uit.
'Vader is dood... vader is dood.' Ze herhaalde het enige malen.
'Vader is dood... vader is dood.'
Daarna bewoog ze haar hoofd een paar maal op en neer.
'God zij dank.'

3

Bij het binnenkomen zwiepte De Cock nijdig en met een norse trek op zijn gezicht zijn oude hoedje naar de kapstok en miste. Daarna deed hij zijn regenjas uit en raapte zijn hoedje op. Met gebogen hoofd slofte hij naar zijn bureau, ging zitten en sloeg zijn armen over elkaar. De norse trek bleef.
Vledder keek hem onderzoekend aan.
'De pest in?'
De Cock schudde zij hoofd.
'Niet echt,' verzuchtte hij. 'Ik heb alleen een rotgevoel van binnen.'
'Waarover?'
'Ik begrijp haar niet.'
'Je bedoelt mevrouw De Graaf?'
'Ja.'
'Hoe vatte ze het op?'
De Cock zuchtte opnieuw en omstandig.
'Laconiek... uiterst laconiek.' De oude rechercheur schudde zijn hoofd. 'Ik heb in mijn lange carrière bij de politie toch al heel wat doodstijdingen gebracht, maar zoiets heb ik nog nooit meegemaakt. De emoties van die vrouw zijn niet te peilen.'
'Hoezo niet?'
'Er was geen spoor van verdriet. We hadden haar ook kunnen vertellen dat Ajax met drie-nul had verloren. De reactie was hetzelfde geweest.'
'Vreemd.'
De Cock knikte.
'Ik heb geen enkele mededeling behoeven te doen. Het was zelfs niet nodig om mijn gezicht in een sombere plooi te trekken. Dochter Florentine liep met huppelpasjes voor mij uit haar woning binnen en riep al van verre: "Vader is dood... vader is dood." Bijna juichend. Alsof ze als heilssoldate de blijde boodschap bracht.'
De oude rechercheur grinnikte vreugdeloos.
'Mevrouw De Graaf toonde geen enkele interesse in de dood van haar man. Ze vroeg niet hoe het was gebeurd... onder welke omstandigheden wij hem hadden gevonden. Niets. Ze vroeg alleen wanneer en waar de begrafenis kon plaatsvinden.'

Vledder keek hem verward aan.
'Je hebt haar niet verteld dat haar man... eh, dat haar man werd vermoord?'
De Cock schudde zijn hoofd.
'Dat zal Florentine wel doen,' antwoordde hij knorrig. 'Nadat ik daar een poosje doelloos in een fauteuil had gezeten, heb ik mijn hoedje naast mij van het tapijt gepakt en ben weggelopen. Ze zei mij niet eens goedendag.'
'Misschien komt bij haar de reactie later,' sprak Vledder gelaten.
De Cock knikte traag voor zich uit.
'Misschien... hoewel ik daar niet in geloof.' Hij keek op. 'Heb je die Adelheid van Heerlen al gevonden?'
Vledder trok met een brede grijns de lade van zijn bureau open en raadpleegde een notitie.
'De naam Van Heerlen,' rapporteerde hij, 'komt inderdaad niet voor in het telefoonboek van Amsterdam. Omdat ook op de Herengracht bij ons bevolkingsregister de naam Van Heerlen onbekend was, dacht ik aan een valse naam. Uiteindelijk heb ik de hulp ingeroepen van de afdeling Rebuten in Den Haag van de PTT.'
'En?'
'Die gaven mij een adres op aan de Keizersgracht. Toen ik dat natrok bleek daar het kantoor van de advocaten-procureurs Bruijn en Van Meeteren te zijn gevestigd.'
'Geen Van Heerlen?'
Vledder schudde zijn hoofd.
'Ik heb dat kantoor gebeld. Ik kreeg een juffrouw aan de lijn die zich meldde met "De Bruijn en Van Meeteren". Toen heb ik simpel naar Van Heerlen gevraagd.'
De Cock boog zich geamuseerd naar voren.
'Hoe was de reactie?'
Vledder spreidde zijn armen.
'Ik werd zonder verder vragen doorverbonden en een man die zei: "Met Van Heerlen."'
De Cock glunderde.
'Prachtig.'
'Ik vertelde die Van Heerlen correct dat ik Vledder was, als rechercheur verbonden aan het politiebureau in de Warmoesstraat en vroeg hem heel beleefd of hij een zekere Adelheid van Heerlen kende... of zij misschien familie van hem was.'

'Was zij familie?'
Vledder trok zijn schouders op.
'Dat... eh, dat weet ik niet.'
De Cock keek hem verwonderd aan.
'Heeft hij dat niet gezegd?'
'Die man vroeg mij waarom ik belangstelling voor die Adelheid van Heerlen had.'
'Dat heb je hem gezegd?'
Vledder schudde zijn hoofd.
'Dat leek mij niet verstandig. Ik kon hem moeilijk zeggen dat wij haar zochten in verband met de moord op Ferdinand de Graaf.'
'Heel goed. En verder?'
'Ik vroeg hem opnieuw... nu met enige nadruk... of Adelheid van Heerlen familie van hem was. Toen verbrak hij het gesprek.'
'Zomaar?'
'Ja. Hij hing op.'
De Cock kwam uit zijn stel overeind.
'Heb je het adres?'
Vledder knikte.
'Keizersgracht dertienhonderdelf.'
De Cock strekte zijn wijsvinger naar hem uit.
'Kom. We gaan die meneer Van Heerlen eens vertellen hoe hij zich als staatsburger dient te gedragen.'

Keizersgracht dertienhonderdelf bleek een schitterend grachtenpand met een karakteristieke verhoogde halsgevel, guirlandes boven de ramen en een imposant bordes. Naast een zware, groengelakte toegangsdeur hing een glimmend gepoetste koperen plaat met 'De Bruijn en Van Meeteren' in zwarte diepverzonken letters.
De Cock drukte op een verlichte bouton onder de koperen naamplaat. Toen een zacht zoemen meldde dat de vergrendeling elektrisch werd opgeheven, duwde de oude rechercheur de deur open.
Vledder kwam hem na.
Rechts in de hal, achter een glazen wand, zat een jonge vrouw. Ze kwam overeind, schoof een raam weg en keek de mannen vragend aan.
De grijze speurder lichtte speels zijn hoedje.
'Mijn naam is De Cock met... eh, met ceeooceeka.' Hij duimde over zijn schouder. 'Dat is mijn collega Vledder. Wij zijn rechercheurs,

verbonden aan het politiebureau in de Warmoesstraat.'
Ze blikte verwonderd van De Cock naar Vledder en terug.
'Recherche?'
De Cock knikte.
'Wij komen voor een onderhoud met de heer Van Heerlen.'
De jonge vrouw aarzelde.
'Ik... eh, ik weet niet of de heer Van Heerlen u beiden kan ontvangen.'
De Cock trok een brede grijns.
'Dat kan hij,' riep hij overtuigend. 'Absoluut. Dat kan hij.'
Zonder verder haar reactie af te wachten, liep de oude rechercheur vanuit de hal een brede met roze marmer beklede gang in. Zijn voetstappen echoden tegen de kale muren. Hij wierp een steelse blik naar de wulpse engeltjes aan het plafond en bleef staan voor een monumentale deur met eiken panelen. Heel even aarzelde hij. Toen drukte hij de kruk omlaag en stapte naar binnen.
Vledder volgde schoorvoetend.
De jonge vrouw van het glazen schuifraam stond hijgend en met een rood hoofd naast een immens groot bureau.
Van achter dat bureau kwam een heer in een stemmig grijs kostuum met een ruk omhoog. Hij was lang en slank. De Cock schatte hem op half in de veertig. Hij had een knap ovaal gezicht met een iets te brede kin, opvallende lichtblauwe ogen en donkerblond haar, iets grijzend aan de slapen.
De Cock bracht zijn beminnelijkste glimlach.
'Ik wacht even,' sprak hij vriendelijk, 'tot de jongedame ons bij u heeft aangemeld.'
De jonge vrouw slikte.
'Het zijn rechercheurs van de Warmoesstraat,' sprak ze gehaast. 'Ze wilden u spreken en ik zei dat ik niet wist of u hen...'
De man liet haar niet uitspreken. Hij gaf haar een teken dat ze het vertrek diende te verlaten. Toen ze weg was, kwam de grijze speurder een stap dichter naar het bureau.
'U gaf haar niet de kans,' sprak hij hoofdschuddend, 'om mijn naam te noemen. Ik ben rechercheur De Cock. De Cock met ceeoo-ceeka. Als u een klacht over mij schrijft, dan zie ik graag dat u mijn naam goed spelt.'
De grijze speurder hield zijn hoofd iets schuin.
'U bent Van Heerlen?'

De heer knikte.
'Martin... Martin van Heerlen.'
'U bent advocaat?'
'Zeker.'
'Ik heb uw naam niet aan de gevel zien staan.'
Martin van Heerlen schudde zijn hoofd.
'Zo'n vijftien jaar geleden,' legde hij uit, 'ben ik bij de heren De Bruijn en Van Meeteren in dienst gekomen. Zij deden tot dan hoofdzakelijk burgerlijk recht. Ze namen mij in dienst voor strafzaken.'
Hij pauzeerde even.
'Beide heren zijn inmiddels overleden. Ik heb de naam van het kantoor maar zo gelaten. De Bruijn en Van Meeteren hadden in de advocatuur een goede reputatie opgebouwd.' Hij glimlachte. 'En wie kende Martin van Heerlen?'
De Cock liet de vraag onbeantwoord. Hij gebaarde opzij.
'Mijn jonge collega Vledder heeft vanmiddag een telefoongesprek met u gevoerd, dat niet bevredigend verliep.'
'Dat klopt.'
'U verbrak op een onhoffelijke wijze het gesprek.'
Martin van Heerlen knikte.
'Dat is juist. Uw collega vroeg mij of een zekere Adelheid van Heerlen familie van mij was.'
De Cock boog zich iets naar voren.
'Een vreemde vraag?'
Martin van Heerlen ging weer zitten. Hij steunde zijn ellebogen op zijn bureau en vouwde zijn handen.
'Nee,' antwoordde hij hoofdschuddend, 'de vraag was niet vreemd, maar verraste mij wel.'
'In welk opzicht?'
'Die plotselinge interesse uit een onverwachte hoek.'
'U... eh, u kent Adelheid van Heerlen?'
Martin van Heerlen keek hem uitdagend aan.
'Voor ik die vraag beantwoord, kende ik graag de reden van uw belangstelling.'
De Cock gebaarde in zijn richting.
'Uit uw reactie maak ik op dat u haar inderdaad kent.'
Martin van Heerlen knikte traag.
'Dat is juist.'

'Zegt u mij waar ik haar kan vinden... hoe ik met haar in contact kan komen.'
Martin van Heerlen kwam weer uit zijn stoel omhoog.
'Ik ben haar raadsman,' sprak hij gedragen. 'Het is toch begrijpelijk dat ik mijn cliënte tegen... eh, tegen enge recherchepraktijken bescherm.'
De Cock zuchtte omstandig.
'Adelheid van Heerlen had drie dagen geleden een afspraak met een heer, en die heer hebben wij vanmorgen gevonden... vermoord.'
Martin van Heerlen lachte voluit.
'U denkt toch niet dat Adelheid...' Hij maakte zijn zin niet af. 'Ik ben niet alleen haar raadsman, maar ook haar broer. Adelheid van Heerlen is mijn zuster.'

Ze liepen via de Raadhuisstraat, achter het Koninklijk Paleis om, over de Dam en het Damrak terug naar de Kit. Het regende niet meer, maar de felle gure wind maakte het verblijf op straat onaangenaam.
Vledder blikte opzij.
'Bedrijven wij "enge" recherchepraktijken?'
De Cock glimlachte.
'Voor een advocaat zijn alle politiemensen leugenachtig en corrupt.'
'En advocaten?'
De Cock grinnikte.
'Maarten Luther schijnt eens gezegd te hebben: "Ein Jurist ist ein böser Christ." En hij vroeg zich bezorgd af of beulen, juristen, advocaten – en meer van dergelijk gespuis – wel zalig konden worden.'
Vledder grijnsde.
'Ik denk niet dat iemand zich daar nu nog zorgen over maakt.'
'Jammer.'
'Denk je echt dat Martin van Heerlen zijn zuster naar de Warmoesstraat stuurt?'
De Cock knikte.
'Ik vrees alleen dat wij van haar een juridisch goed onderbouwd relaas krijgen.'
'Je bedoelt, dat Martin van Heerlen zijn zuster precies zal voor-

kauwen wat ze ons moet gaan vertellen?'
'Daar moeten wij terdege rekening mee houden.'
'Is zij verdachte?'
De Cock trok zijn schouders op.
'De afspraak van Adelheid van Heerlen met de vermoorde Ferdinand de Graaf behoeft niets te betekenen. Ze kunnen samen hebben geluncht en daarna uit elkaar zijn gegaan. Bovendien moet er een motief zijn. Martin van Heerlen zegt dat hij geen Ferdinand de Graaf kent en dat bij zijn weten ook zijn zuster geen relatie heeft met een man van die naam.'
De oude rechercheur bracht zijn rechter wijsvinger voor zijn neus. 'Het feit dat Ferdinand de Graaf in die notitie de volledige naam *Adelheid van Heerlen* opschreef, duidt er volgens mij op, dat zij geen vaste relatie van hem was. Bij een afspraak met een vaste relatie had De Graaf vermoedelijk geen enkele notitie gemaakt of slechts een voornaam vermeld.'
'Dat is hypothetisch.'
De Cock knikte instemmend.
'Toch voel ik dat zo. Adelheid van Heerlen was nieuw voor hem.'
Vledder reageerde niet.
Toen ze de hal van het politiebureau binnenstapten, wenkte Jan Kusters De Cock met een kromme vinger. De oude rechercheur slenterde traag naar de balie en boog zich eroverheen.
'Ga je mij iets leuks vertellen?' vroeg hij vriendelijk.
De wachtcommandant schudde zijn hoofd.
'Daar zit ik hier niet voor,' bromde hij. Hij wees omhoog. 'Boven op de gang zit een jongeman op jou te wachten.'
'Heb je zijn naam opgenomen?'
Jan Kusters schoof een notitieblaadje naar zich toe.
'Roger ter Beek. Ik zei hem dat jij er niet was en dat ik niet wist wanneer je terug zou komen. Hij stond erop te blijven wachten. Toen heb ik hem maar naar boven gestuurd.'
De Cock knikte. Hoe vaak was dit hem al overkomen? Hij draaide zich traag om en liep de stenen trappen op naar de tweede etage. Vledder volgde met lichte tred.
Roger ter Beek bleek een jongeman, gekleed in een verschoten spijkerbroek en een ruimvallend vaalblauw jack. De Cock schatte hem op rond de vijfentwintig jaar. Hij had grijsgroene ogen in een bleek gezicht met iets oplopende jukbeenderen. Zijn vlasblond

haar eindigde bij zijn nek in een staartje.
De Cock liet hem op de stoel naast zijn bureau plaatsnemen.
'Wat verschaft mij het genoegen van uw komst,' opende hij beminnelijk.
Roger ter Beek boog zich naar hem toe.
'Is die De Graaf al terecht?'
De Cock fronste zijn wenkbrauwen.
'Welke De Graaf?' veinsde hij vol onbegrip.
'De vader van mijn ex-vriendin. Ik heb een goed jaartje met Florentine de Graaf samengewoond.'
'Daar heb ik iets van gehoord,' reageerde De Cock. 'Waarom zijn jullie uit elkaar gegaan?'
Roger ter Beek zuchtte.
'Ze kleefde aan haar moeder vast. Het leek wel een Siamese tweeling. Die twee waren bijna griezelig met elkaar verstrengeld. Daar hadden we nog wel eens woorden over.'
'En dan mepte jij er lustig op los.'
Roger ter Beek verkrampte.
'Wie zegt dat?'
De Cock wuifde de vraag weg.
'Wie heeft jou verteld dat de vader van je ex-vriendin zoek is?'
Roger ter Beek verschoof iets op zijn stoel.
'Ik heb een kennis bij de politie. Die jongen weet dat ik een jaartje met Florentine de Graaf heb samengeleefd. Hij vertelde mij dat u per telex de opsporing van haar vader had verzocht.'
'En dat maakte u nieuwsgierig?'
'Zeker.'
'U weet waar hij is?'
Roger ter Beek schudde zijn hoofd.
'Geen flauw idee.'
De Cock keek hem niet-begrijpend aan.
'Wat komt u dan doen?'
Roger ter Beek maakte een hulpeloos gebaar.
'U helpen,' riep hij verongelijkt. 'Van Florentine heb ik destijds begrepen dat die oude De Graaf een vrolijke schuinsmarcheerder was. Een echte liefhebber, zal ik maar zeggen. Haar moeder vond dat verschrikkelijk... ging daaronder gebukt. Ze was hem liever kwijt dan rijk.'
De Cock tuitte zijn lippen.

'Die indruk had ik niet.'
Roger ter Beek grijnsde.
'Dan heeft zij u aardig om de tuin geleid. Dat is zo haar maniertje. Ze doet altijd voorkomen dat haar huwelijk perfect is. Geen vuiltje aan de lucht.'
'Dat "vuiltje" was er wel?'
Roger ter Beek knikte nadrukkelijk.
'Ze wilde van hem af.'
De Cock trok zijn schouders op.
'Dat is in onze moderne tijd toch geen probleem meer?'
Roger ter Beek duimde over zijn schouder.
'Voor haar blijkbaar wel. Florentine en haar moeder hebben samen zelfs plannen gemaakt om hem van kant te maken.'
'Wat?'
Roger ter Beek knikte opnieuw.
'Ze wilden hem vermoorden.'

4

De woorden van Roger ter Beek bleven secondenlang tegen de wanden van de recherchekamer kleven. Van schrik liet Vledder een ballpoint uit zijn vingers vallen. De pen kletterde op zijn bureau. De Cock wachtte tot het geluid was verstomd. Toen keek hij Roger ter Beek scherp, onderzoekend aan.
'Weet u wel wat u zegt?' vroeg hij kil.
De jongeman knikte overtuigend.
'Ze wilden hem uit de weg ruimen.'
De Cock trok zijn gezicht in een ernstige plooi.
'Dat is een zware beschuldiging.'
'Dat realiseer ik mij,' antwoordde Roger. 'Ik ben ook schoorvoetend hierheen gekomen... heb voor de deur van het politiebureau geaarzeld of ik wel naar binnen zou gaan.'
De Cock strekte zijn rechterarm naar hem uit.
'Hebben Florentine en haar moeder u in die plannen tot moord gekend?'
'Ik... eh, ik weet niet,' antwoordde Roger aarzelend, 'hoe ik uw vraag moet opvatten... wat u precies bedoelt.'
De Cock boog zich iets naar hem toe.
'Of u met hen in details bent getreden... over het hoe en waarom... over de wijze van uitvoering...'
Roger zwaaide afwerend.
'Ik... eh, ik was geen deelgenoot. Ik heb aan die plannen tot moord niet meegewerkt. Ik zat niet in het complot.'
'Hoe kende u ze dan... die plannen tot moord?'
Roger spreidde zijn handen.
'Door Florentine. Uit de tijd toen we nog samen waren. Florentine had wel eens meer gezegd: vandaag of morgen maken moeder en ik hem van kant. Maar aan die opmerkingen heb ik nooit enige waarde gehecht. Ik ben daar nooit serieus op in gegaan.'
'U geloofde niet dat het ernstig was gemeend?'
Roger ter Beek schudde zijn hoofd.
'Mensen zeggen wel eens meer vreemde dingen als ze kwaad zijn. Ondoordacht. En er was bij hen nog wel eens heibel in de tent. De vader en moeder van Florentine hadden vaak ruzie.'
'Ook waar u bij was?'

Roger ter Beek grijnsde.
'Dan stonden hun smoeltjes glad. De schijnheiligheid droop van hun gezicht.'
'U was niet zo erg op uw... eh, uw toekomstige schoonouders gesteld?'
'Beslist niet,' antwoordde Roger fel. 'Ze hebben mij in feite nooit geaccepteerd. Ze waren er echt niet blij mee dat Florentine bij mij introk.'
'U wist van hun onderlinge ruzies door Florentine?'
Roger ter Beek knikte.
'Florentine kwam na een bezoek aan haar ouders altijd geagiteerd en opgewonden thuis. En dan moest ik haar jeremiades aanhoren.'
De jongeman zweeg even. Hij dacht na en vervolgde toen:
'Florentine koos altijd de zijde van haar moeder... in elk geschil. Ze kon het bloed van haar vader wel drinken.'
De Cock wreef met zijn vlakke hand over zijn breed gezicht en dacht enige seconden na.
'Wanneer kwam u tot de gedachte dat de plannen om de heer De Graaf te vermoorden geen loze kreten waren, maar wel degelijk ernstig waren gemeend?'
Roger liet zijn hoofd iets zakken en slikte.
'Toen Florentine mij vroeg,' sprak hij zacht, 'of ik haar een pistool kon bezorgen.'

Nadat Roger ter Beek uit de recherchekamer was vertrokken, kwam Vledder van achter zijn bureau vandaan, pakte de stoel naast het bureau van De Cock en ging daar achterstevoren op zitten.
'Gaan we ze arresteren?'
'Wie?'
'Moeder en dochter.'
De oude rechercheur keek naar hem op.
'Roger ter Beek zegt dat hij dat pistool nooit heeft geleverd... dat hij botweg heeft geweigerd om Florentine een vuurwapen te bezorgen. Volgens hem was die weigering de werkelijke reden van hun scheiding. Bovendien wilde hij geen medeplichtige worden.'
Vledder knikte.
'Maar Florentine en haar knappe moeder... dat is toch wel duidelijk... hadden moordplannen, en Ferdinand de Graaf is wel met een vuurwapen afgemaakt.'

De Cock leunde achterover in zijn bureaustoel.
'Ik weet niet,' formuleerde hij nadenkend, 'of dat wel zo duidelijk is. We hebben alleen het verhaal van Roger ter Beek. Mijn oude moeder zegt altijd: je kijkt ze wel voor de kop, maar niet in de krop. Het is mij nog duister waarom hij ons zijn verhaal kwam vertellen.'
De Cock trok een bedenkelijk gezicht.
'Laten we voorzichtig zijn. Na een scheiding van geliefden ontstaan vaak rancuneuze gedachten.'
Vledder keek hem verward aan.
'Een wraakactie... een wraakactie van Roger ter Beek om een afgebroken liefde?'
'Mogelijk.'
'Waarom heb je Roger ter Beek niet verteld dat wij Ferdinand de Graaf al met een kogel in zijn hoofd hebben gevonden?'
De Cock glimlachte.
'Ik wil zijn reactie afwachten als hij morgenochtend het bericht van de moord in de krant leest.' De oude rechercheur stond van zijn stoel op en slenterde naar de kapstok.
Vledder liep hem na.
'Waar ga je heen?'
De Cock wurmde zich in zijn regenjas.
'Smalle Lowietje. Mijn dorstige keel snakt naar een cognackie.'

Lowietje, vanwege zijn geringe borstomvang in het woelige wereldje van de penoze Smalle Lowietje genoemd, wreef zijn kleine handjes langs zijn morsige vest en begroette de oude rechercheur uitbundig.
'Kijk, kijk,' kirde hij vrolijk. 'De grote speurder heeft zich een moment vrij gemaakt. Het is niet te geloven.'
Hij hield zijn sproeterig muizensmoeltje een beetje scheef. 'Kon het eraf? Of moest je aan de commissaris eerst een verzoek in zevenvoud indienen?'
De Cock lachte vrolijk.
'Lowie,' sprak hij hoofdschuddend, 'er is in de hele wereld geen commissaris die mij uit jouw hooglijk gewaardeerd etablissement houdt.'
Hij schuifelde naar het einde van de bar en hees zijn zware lijf op een kruk. Het was zijn vaste stek. Hij wist hoe licht ontvlambaar

de buurt was. Vanaf die plaats had hij een goed overzicht op alle eventualiteiten.
Vledder nam naast hem plaats. De jonge rechercheur voelde zich steeds meer thuis in het schemerige, intieme lokaaltje van Smalle Lowietje, waar meisjes van de vlakte verpozing en vergetelheid zochten achter een pittig likeurtje of een citroentje met suiker.
De tengere caféhouder keek naar de oude rechercheur op. Zijn vriendelijk smoeltje glom van genegenheid.
'Hetzelfde recept?'
De Cock antwoordde niet. Hij wist dat dit niet van hem werd verwacht. De vraag was slechts een inleiding... een inleiding tot een bijna sacraal gebeuren. Vergenoegd keek hij toe hoe Smalle Lowietje aalglad onder de tapkast dook en te voorschijn kwam met een fles pure Franse cognac Napoleon, die de caféhouder speciaal voor hem gereserveerd hield.
'Dit is toch niet je laatste?'
Lowietje schudde zijn hoofd.
'Gelukkig niet. Ik heb nog een paar van die flesjes weten te bemachtigen.'
Met een teder gebaar streelde hij het etiket. 'Alleen voor echte genieters.'
Hij zette drie diepbolle glazen op de bar en schonk behoedzaam in.
De Smalle dronk altijd een glaasje mee.
De Cock genoot van de koesterende toewijding waarmee de caféhouder hem bediende. De schaarse momenten die de misdaad hem vergunde bij Smalle Lowietje door te brengen, trachtte hij in zijn herinnering te verankeren. Hij nam het glas op, schommelde het zachtjes in de hand en snoof. Op zijn breed gezicht vol groeven verscheen een glans van verrukking. Met getuite lippen nam hij een slok en liet het vocht genietend langs zijn dorstige keel glijden. Even sloot hij zijn ogen, toen zette hij het glas omzichtig op de bar terug. 'Lowie,' sprak hij zalvend, 'er zijn van die ogenblikken, dat ik van het leven houd.'
De caféhouder straalde.
'Hoe is het aan de Kit?' vroeg hij belangstellend.
De Cock trok nonchalant zijn schouders op.
'Druk... druk, zoals altijd. We hebben vanmorgen een vermoorde man in de Houthaven in een oude gammele legerloods gevonden.'
Smalle Lowietje zette zijn glas neer.

'Zo'n halfronde loods van gegolfd plaatijzer?'
De Cock knikte.
'Ik wist niet dat ze nog bestonden. Ik dacht dat ze allemaal al waren weggerot. De loods was ook zo lek als een mandje.'
Smalle Lowietje grinnikte.
'Die plaatijzeren loods aan de Houthaven is van Brammetje. Ik heb hem eens een tijdje van Brammetje gehuurd om een oude boot die ik had gekocht wat op te knappen.'
De Cock trok een denkrimpel in zijn voorhoofd.
'Welke Brammetje?'
Smalle Lowietje maakte een verontschuldigend gebaar.
'Ik weet ook niet meer dan dat hij Brammetje heet. Hij woont hier verderop in de Bethaniendwarsstraat. Vroeger gebruikte Brammetje die loods als opslagplaats voor tropisch hout.'
'Tropisch hout?'
Smalle Lowietje knikte.
'Brammetje had toen een compagnon met wie hij bijzondere houtsoorten importeerde uit Zuid-Amerika.'
'Hoe weet je dat?'
Smalle Lowietje glimlachte.
'Brammetje komt hier nog wel eens en als hij een paar borrels achter zijn kiezen heeft wordt hij loslippig. Die compagnon heeft hem er destijds ingeluisd... hem valselijk beschuldigd van het knoeien met vrachtbrieven en cognossementen, waardoor Brammetje een paar maanden in de lik heeft moeten opknappen. Hij is nog steeds pisnijdig op die vent.'
'Die loods is nog steeds van hem?'
'Dat neem ik aan.'
De Cock nam nog een slok van zijn cognac.
'Stuur Brammetje eens naar mij toe.'
'Doe ik.'
De Cock hield zijn hoofd een beetje scheef en boog zich iets naar voren.
'Heeft Brammetje wel eens de naam van die compagnon genoemd?'
Smalle Lowietje knikte.
'De Graaf... Ferdy de Graaf. Die is nog steeds in zaken... heeft zijn kantoor op de Herengracht. Brammetje heeft mij bezworen dat hij hem op een goeie dag nog eens te grazen neemt.'

De rechercheurs verlieten het etablissement van Smalle Lowietje en stapten naar de Achterburgwal. De warmte van de cognac gloeide in hun aderen. De wind was wat gaan liggen, maar het regende nog steeds. De oude iepen aan de wallekant dropen en het schaarse licht van de lantaarns deed de gladde straatsteentjes glimmen. Ondanks het slechte weer was het aardig druk op de Wallen. De seks-business was in vol bedrijf. In het barmhartige roodroze licht toonden de uitgestalde hoertjes hun lijfelijke bekoorlijkheden.
De Cock trok de kraag van zijn regenjas omhoog en schoof zijn oude hoedje naar voren. Hij keek opzij naar Vledder, die rustig naast hem voortslenterde.
'We mogen aannemen dat Ferdinand de Graaf die oude loods aan de Houthaven kende.'
'Je bedoelt: uit de tijd dat Brammetje nog een compagnon van hem was.'
De Cock knikte.
'Het is opmerkelijk dat hij juist in die loods werd vermoord.'
Vledder grinnikte vreugdeloos.
'We hebben nog nooit zoveel verdachten in zo'n korte tijd gehad.'
De Cock reageerde niet.
'Je moet morgen eens dat dossier opvragen op basis waarvan Brammetje destijds tot een paar maanden gevangenisstraf werd veroordeeld.'
Vledder maakte een gebaar van wanhoop.
'We kennen niet eens zijn naam.'
De Cock keek hem verwonderd aan.
'Dat is toch geen probleem. Bel morgenochtend de secretaresse van Ferdinand de Graaf aan de Herengracht. Anders weet mevrouw De Graaf wel hoe de vroegere compagnon van haar man heet.'
Vledder liep brommend verder.
'Sorry,' mompelde hij. 'Ik heb even niet nagedacht.'
De Cock lachte.

Toen de rechercheurs de hal van het politiebureau binnenstapten, kwam Jan Kusters van achter de balie vandaan. Zijn gezicht stond gespannen.
De Cock keek hem bezorgd aan.
'Wat is er... onze commissaris overleden?'
De wachtcommandant schudde zijn hoofd.

'Boven zit een deftig stel op je te wachten.'
'Een deftig stel?'
Jan Kusters knikte.
'De heer maakte nogal stampei. Toen ik hem zei dat jij er niet was, wilde hij onmiddellijk de commissaris spreken.'
'En?'
'Ik zei hem dat commissarissen van politie alleen tijdens kantooruren te consulteren zijn.'
De Cock gniffelde.
'Heel goed.' De oude rechercheur draaide zich om en besteeg opmerkelijk kwiek de stenen trappen naar de tweede etage.
Vledder volgde met lichte tred.
Op de bank bij de toegangsdeur naar de grote recherchekamer ontdekte De Cock advocaat Martin van Heerlen. Naast hem zat een chic geklede dame. De Cock schatte haar op voor in de veertig.
Toen ze de rechercheurs in het oog kregen, kwamen ze van de bank overeind. De Cock bezag de gestalte van de vrouw. Ze was bijna even lang en slank als Martin van Heerlen.
De advocaat glimlachte.
'Mag ik u voorstellen... mijn zuster Adelheid.'
De oude rechercheur nam beleefd zijn hoedje af en maakte een lichte buiging. 'De Cock... met ceeooceeka. Mag ik u voorgaan?'
De grijze speurder deed de deur van de recherchekamer open en slenterde naar zijn bureau. Daar pakte hij een extra stoel en liet de beide bezoekers naast zich plaatsnemen.
De Cock keek van Martin naar Adelheid en terug.
'Wie voert het woord... of kan ik ongehinderd vragen stellen?'
Martin van Heerlen gebaarde in zijn richting.
'Beschouwt u mijn zuster Adelheid als verdachte?'
De Cock schudde zijn hoofd.
'Er zijn geen feiten en omstandigheden, zoals de wet voorschrijft, die een redelijk vermoeden van schuld aan enig strafbaar feit rechtvaardigen. Op het bureau van de vermoorde Ferdinand de Graaf aan de Herengracht lag een aantekening: Adelheid van Heerlen 13.00 uur. Ik concludeer hieruit, dat uw zuster Adelheid die dag te 13.00 uur een afspraak met de heer De Graaf had.'
Adelheid van Heerlen knikte.
'Dat klopt. Ik heb met Ferdinand geluncht.'
De Cock hield zijn hoofd iets schuin.

'Ferdinand... was u met hem bevriend?'
Adelheid van Heerlen glimlachte. Ineens viel het De Cock op hoe mooi ze was. Niet uitbundig, prikkelend, maar een verstilde, serene schoonheid.
'Ferdinand,' sprak ze zacht, 'is niet het type man dat mij bekoort. Ik kende hem van vroeger. In onze jeugd hebben wij in Amsterdam op de Bickersgracht gewoond. Ferdinand de Graaf woonde maar een paar huizen van ons vandaan.'
'En sindsdien hebt u contact met hem onderhouden?'
Adelheid van Heerlen schudde haar hoofd.
'Een dag voordat ik met hem lunchte, ontmoette ik hem puur bij toeval bij Vroom & Dreesmann in de Kalverstraat. We hebben daar op de boekenafdeling even met elkaar staan babbelen over vroeger... hoe de stad was veranderd. Ferdinand brak het gesprek snel af. Hij had een afspraak. Dat speet hem erg. Hij wilde graag met mij nog wat oude herinneringen ophalen.'
'Toen hebt u een afspraak met hem gemaakt?'
Adelheid van Heerlen gebaarde voor zich uit.
'Het was zijn initiatief. Hij nodigde mij uit voor een lunch in Victoria, de volgende dag.'
'En aan die afspraak hebt u zich gehouden?'
Adelheid van Heerlen knikte.
'Het was een verrukkelijke lunch en we hebben gezellig met elkaar zitten kletsen.' Ze zuchtte diep. 'Ik had om half drie een afspraak met Martin op zijn kantoor. Ik kon dus niet te lang blijven.'
De Cock wendde zich tot de advocaat.
'Ze was die dag bij u om half drie?'
Martin van Heerlen glimlachte.
'Zo ongeveer. Ik heb niet exact op de tijd gelet. Adelheid is niet bij mij in vaste dienst, maar wanneer de paperassen in mijn kantoor zich hoog opstapelen en zelfs mijn secretaresse er geen weg meer mee weet, dan komt Adelheid even schoon schip maken.'
'Mag ik daarover nog een keer met uw secretaresse praten?'
'Zeker.'
De Cock richtte zijn blik op Adelheid van Heerlen.
'Hebt u nog verdere afspraken met de heer De Graaf gemaakt?'
'Nee.'
'Ook niet voor dezelfde avond?'
Adelheid van Heerlen schudde haar hoofd.

'En God is mijn getuige.'
De Cock knikte. Zijn gezicht stond ernstig.
'Een goede getuige,' sprak hij strak. 'Ik ben alleen bang dat Hij zich niet laat dagvaarden.'

5

Op het Stationsplein stapte De Cock uit de tram. Met zijn handen diep in de zakken van zijn regenjas gestoken, sjokte hij met de stroom voetgangers mee naar het brede trottoir van het Damrak. Hij voelde zich wat gammel. De nachtrust was te kort geweest om al de vermoeienissen van de vorige dag uit zijn botten te trekken.
Hij keek schuins omhoog. Het regende niet, maar de lucht boven de oude achtergevels van de Warmoesstraat zag grauw en dreigend. Ook de weerberichten spraken van aanhoudende regen en heel veel wind. De Cock hield niet van de maand november. Het was zo'n maand die men volgens hem best uit het jaarbeeld kon schrappen. Het betekende alleen dertig dagen vertraging voordat december begon.
Op de hoek van de Oudebrugsteeg bleef hij even staan en stak toen voor een aanstormende tramtrein van lijn 9 het Damrak over. Een jong nachthoertje, van de Wallen op weg naar huis, lachte. De Cock in draf was een koddig gezicht.

Nog nahijgend liep de oude rechercheur aan de Beurs van Berlage voorbij naar de Warmoesstraat. Het korte sprintje had zijn bloed even sneller doen stromen. De traagheid was weggedrukt. Nieuwe levenskrachten borrelden in hem op. In de hal van het politiebureau slenterde hij naar de balie en boog zich plagend over Jan Kusters.
'Heb je nog ergens een lijk voor mij liggen?'
De wachtcommandant maakte een afwerend gebaar.
'Hoepel op.'
Lachend besteeg de grijze speurder de twee trappen naar de grote recherchekamer.

De Cock wierp zijn oude vilten hoedje naar de kapstok en miste. Daarna deed hij zijn regenjas uit en raapte zijn hoedje op.
De vingers van Vledder gleden razendsnel over de toetsen van zijn elektronische schrijfmachine. Toen hij De Cock in het oog kreeg, liet hij zijn vingers rusten.
'Je bent laat.'
Het klonk bestraffend.
De oude rechercheur knikte gelaten.

'En jij hebt wallen onder je ogen.'
Vledder maakte een hulpeloos gebaar.
'Ik heb die paar uur dat ik in mijn bed lag, vrijwel geen oog dichtgedaan. Volgens mij zitten we weer tot onze nekharen in de ellende.'
De Cock trok zijn schouders op.
'Het is ons vak,' sprak hij gelaten. 'Aan elk beroep kleven negatieve kanten.'
Vledder bromde.
'Ik had koekenbakker moeten worden.'
De Cock grinnikte. Een snerende opmerking lag op zijn tong, maar die hield hij wijselijk in. Hij wees naar de elektronische schrijfmachine.
'Wat ben je aan het doen?'
'Een verslag van die moord in de Houthaven. Er moet toch iets op papier staan. Dat laat je altijd aan mij over.'
De Cock negeerde de opmerking.
'Heb je al een afspraak gemaakt voor de sectie?'
Vledder knikte.
'Vanmiddag om twee uur op Westgaarde. Dokter Rusteloos heeft eerst nog een lastige klus in Rotterdam. Een jonge vrouw met tal van steekwonden. Over een ander beroep gesproken...'
De jonge rechercheur zweeg even.
'Voor mij,' ging hij grommend verder, 'is die sectie op Ferdinand de Graaf totaal overbodig.'
De Cock keek hem niet-begrijpend aan.
'Overbodig?'
Vledder knikte.
'Ik heb al eerder zo'n sectie van een slachtoffer van een nekschot* meegemaakt. Conclusie: het slachtoffer was op slag dood. De kogel doorboorde de ruggegraat en vernielde het verlengde merg... en dat is, zo heeft een patholoog-anatoom mij eens verteld... de plek waar onze ziel huist.'
Het klonk wat cynisch.
'Jij gelooft niet in een ziel?'
Vledder antwoordde niet en De Cock liet het onderwerp rusten.
'Wanneer is de begrafenis?'

* zie: *De Cock en de smekende dood*

'Morgenochtend om elf uur op Zorgvlied aan de Amstel.'
De Cock fronste zijn wenkbrauwen.
'Dat is snel.'
'Men gaat ervan uit dat het slachtoffer al een paar dagen dood was voor hij werd gevonden. Anders wordt het eerst maandag en dat is weer te laat.'
'We gaan er samen heen,' sprak De Cock.
'Naar de begrafenis?'
'Zeker.'
Vledder trok een vies gezicht.
'Moet dat?' vroeg hij opstandig. 'Ik heb een hekel aan kerkhoven en begraafplaatsen. Het is er altijd zo somber. Vooral in deze tijd van het jaar.'
De Cock wuifde zijn bedenkingen weg.
'Ik wil weten wie er buiten de treurende echtgenote en dochter Florentine nog meer belangstelling heeft voor zijn begrafenis.'

Commissaris Buitendam, de statige politiechef van bureau Warmoesstraat, wenkte hem met een slanke hand naderbij.
'Heeft Vledder jou niet verteld,' vroeg hij verrast, 'dat jij bij mij moest komen?'
De Cock schudde zijn hoofd.
'Het is hem blijkbaar ontschoten,' sprak hij achteloos. 'Ik denk dat hij het niet zo belangrijk heeft gevonden.'
Op het vale gezicht van Buitendam verschenen lichte blosjes. Hij wees naar de stoel voor zijn bureau.
'Ga zitten, De Cock,' sprak hij geaffecteerd.
De oude rechercheur schudde zijn hoofd.
'Ik blijf liever staan.'
'Zoals je wilt.' De commissaris zweeg even om indruk te maken, strekte zijn rug en ademde diep.
'Hoewel jouw gedrag, De Cock, in het verleden dikwijls enige correcties behoefde, heb ik jou in de meeste gevallen ongestoord je gang laten gaan.'
De commissaris hield opnieuw een kleine pauze en kuchte.
'Daarbij gold als overweging,' ging hij gedragen verder, 'dat je als rechercheur vaak uiterst succesvol was... een feit, waarvoor ik mijn ogen niet heb willen sluiten.'
De Cock trok denkrimpels in zijn voorhoofd en spreidde zijn armen

in een hulpeloos gebaar.
'Waarom zo'n... zo'n omhaal van woorden?' riep hij licht geprikkeld. 'Zeg gewoon rechtuit wat u op het hart hebt.'
Commissaris Buitendam schoof onrustig op zijn stoel heen en weer.
'Ik heb zeer ernstige kritiek,' sprak hij bestraffend, 'op de wijze waarop jij gistermiddag het advocatenkantoor van De Bruijn en Van Meeteren aan de Keizersgracht hebt bestormd.'
De Cock trok zijn neus iets op.
'Bestormd?'
Buitendam knikte nadrukkelijk.
'Meester Martin van Heerlen voelde zich door jou belaagd. Alle vormen van fatsoen negerend, stormde jij ongevraagd zijn privékantoor binnen.'
De Cock schoof zijn onderlip naar voren.
'Dat zegt meester Martin van Heerlen?'
'Precies. Hij was hoogst verbolgen. Zijn secretaresse was getuige van jouw... eh, jouw onbesuisde optreden.'
De Cock lachte hartelijk.
'Dat was ze. Inderdaad.'
Commissaris Buitendam wond zich zichtbaar op.
'Het heeft mij de grootste moeite gekost,' sprak hij met stemverheffing, 'om hem er van te weerhouden jegens jou een aanklacht terzake lokaalvredebreuk in te dienen.'
De Cock lachte smalend.
'Lief van hem.'
Commissaris Buitendam knikte.
'Ik heb mij dan ook dankbaar getoond.'
De Cock grinnikte.
'Meester Martin van Heerlen moet eerst zijn eigen fatsoensnormen eens onder de loep nemen. Hij gooide tijdens een gesprek met Vledder de hoorn op de haak en toen ik later de indruk kreeg dat hij mij op zijn kantoor niet wenste te ontvangen, heb ik mij persoonlijk even bij hem gemeld.'
Buitendam brieste. 'Op een onheuse wijze.'
De Cock snoof.
'Voor meester Martin van Heerlen geldt het Oudhollandse gezegde: hij is een advocaat als Judas een apostel.'
De grijze speurder boog zich iets naar voren.

'En Judas... herinnert u zich nog van de zondagsschool... was de man die voor een paar zilverlingen Jezus naar het kruis joeg.'
Commissaris Buitendam kwam met een ruk uit zijn stoel overeind. Zijn gezicht zag rood en zijn lippen trilden.
Bevend strekte hij zijn arm naar de deur. 'Eruit.'
De Cock ging.

De reprimande van de commissaris had hem niet beroerd. Met een voldaan gevoel liet de grijze speurder zich in de stoel achter zijn bureau zakken.
'Ik ben even boven bij de administratie geweest,' legde hij Vledder uit. 'Afra Molenkamp heeft dat proces-verbaal tegen Abraham van der Velde voor mij gelicht. Ze zal ons ook een foto van hem bezorgen.'
De jonge rechercheur keek hem wat verward aan.
'Abraham van der Velde?'
De Cock knikte.
'Brammetje.'
'Heet hij Van der Velde?'
De Cock wees naar de telefoon.
'Jij had het zo druk met je verslag over de moord, dat ik zelf even de secretaresse van De Graaf heb gebeld. Van haar kreeg ik de naam van zijn vroegere compagnon. Ik ga vanmiddag, als jij bij de sectie bent, even bij haar langs.'
Hij wees voor zich uit.
'Denk er tijdens de sectie aan dat dokter Rusteloos de kogel veilig stelt, die nog ergens onder het schedeldak van het slachtoffer steekt.'
Vledder knikte begrijpend.
'Voor het geval dat we de mazzel hebben om het moordwapen te vinden.'
De Cock wees omhoog.
'Ik liep boven op de administratie commissaris Buitendam tegen het lijf. Hij was kwaad en troonde mij onmiddellijk mee naar zijn kamer.'
De Cock zweeg even.
'Waarom heb jij vanmorgen niet gezegd dat ik bij de commissaris moest komen?'
Vledder sloeg zijn hand voor zijn mond.

'Vergeten. Het is mij totaal ontschoten. Het komt ook omdat jij zo laat was.'
'Ik ben altijd laat.'
Vledder negeerde de opmerking.
'Wat had Buitendam?'
De Cock trok een grijns.
'Meester Martin van Heerlen had zich bij hem beklaagd over mijn optreden gistermiddag. Ik zou zijn kantoor hebben bestormd.'
Vledder keek hem ongelovig aan.
'Noemde hij dat zo?'
De Cock knikte.
'Van Heerlen had zelfs overwogen om een klacht tegen mij in te dienen terzake lokaalvredebreuk.'
Vledder schudde zijn hoofd.
'Wat een huichelaar,' riep hij onthutst. 'Gisteravond hier tijdens het verhoor van zijn zuster was hij poeslief en aardig.'
De Cock trok zijn schouders iets op.
'Advocaat... duivelskwaad.'
'Een kreet van je oude moeder?'
De Cock schudde zijn hoofd.
'Een Oudhollands spreekwoord. En volgens mij volkomen van toepassing...'
De grijze speurder stokte.
De deur van de grote recherchekamer vloog open en Roger ter Beek stapte dreunend op De Cock toe. Zijn gezicht zag rood en het staartje in zijn nek wipte op en neer.
'Ze hebben het gedaan,' riep hij opgewonden. 'Ik heb het u gezegd. Ze waren het van plan. Florentine en haar moeder hebben hem koud gemaakt. Het stond vanmorgen in de krant. Het is hen eindelijk toch gelukt.'
De Cock wees naar de stoel naast zijn bureau.
'Ga zitten,' gebood hij dwingend. 'En vertel mij eens hoe die twee vrouwen een moord hebben kunnen plegen zonder een vuurwapen, dat jij niet wilde leveren?'
Roger nam geschrokken plaats.
'Dat... eh, dat is waar,' stamelde hij. 'Ik heb u niets voorgelogen. Ik ben nooit op het verzoek van Florentine ingegaan. Ik heb haar geen vuurwapen bezorgd.'
De Cock boog zich naar hem toe.

'Ik heb het uit de pers gehouden, maar De Graaf werd inderdaad met een vuurwapen gedood. Hoe kwamen Florentine en haar moeder aan een wapen als jij daar niet voor had gezorgd?'
Roger spreidde zijn handen.
'Dat is toch niet moeilijk? Steek in de binnenstad van Amsterdam je arm omhoog en roep hardop: "ik wil een pistool" en van alle kanten komen ze met een brok schiettuig naar je toe.'
De Cock snoof.
'Rijkelijk overdreven.'
'Ach, rechercheur De Cock,' riep Roger minachtend, 'als eenieder die in de binnenstad van Amsterdam een vuurwapen heeft, op jullie ging schieten, dan was dit bureau Warmoesstraat een gatenkaas.'
De Cock wuifde de opmerking weg.
'Waarom uit u uw beschuldigingen niet rechtstreeks tegen Florentine en haar moeder?'
Roger keek hem verbaasd aan.
'Dat doet u toch?'
'Voorlopig niet.'
In de ogen van Roger ter Beek glinsterde achterdocht.
'Als ze daarna een klacht tegen mij doen terzake belediging, smaad, valse aanklacht?'
Om de lippen van de grijze speurder danste een glimlach.
'Bent u daar bang voor?'
Roger knikte.
'Zeker. Ik ken ze toch.'
De Cock schudde zijn hoofd.
'U... Roger ter Beek... bent bang dat ze mij dan de waarheid zullen zeggen en beweren dat u hen toch een vuurwapen hebt geleverd.'
De jongeman sprong geagiteerd op.
'Hoe vaak moet ik u nog zeggen...'

De Cock kuierde op zijn gemak vanuit de Warmoesstraat naar de Herengracht. Het was droog, maar een snerpende wind prikkelde de huid van zijn gezicht.
Tot ongenoegen van Vledder had hij Roger ter Beek ongehinderd laten vertrekken. Zijn jonge collega was van mening dat Roger ter Beek wel degelijk een vuurwapen aan Florentine had geleverd en nu bezig was zijn eigen aandeel in de affaire te verdoezelen. Een

mening die hij niet deelde.
Voor het kantoor van De Graaf bleef de oude rechercheur even staan. Achter hem gleed een schaarsbezette rondvaartboot door het water van de gracht. Meeuwen krijsten boven het schroefwater.
Nadat hij had aangebeld, werd de deur van het kantoor opengedaan door een donkere vrouw met grote glanzende bruine ogen. Ze was keurig gekleed in een onberispelijk roodzijden mantelpakje. De Cock schatte haar op achter in de dertig. Ze was maar klein... reikte tot zijn schouder.
De oude rechercheur lichtte beleefd zijn hoedje.
'Ik ben rechercheur De Cock... met... eh, met ceeooceeka. Ik mocht u bezoeken.'
De vrouw glimlachte.
'Annette... Annette van Heeteren.'
Ze liep op haar halfhoge hakjes voor de rechercheur uit naar een gezellig ingericht kantoor en liet hem achter een bureau plaatsnemen in een brede leren stoel met een hoge leuning.
'Daar zat hij altijd.'
'De heer De Graaf?'
Annette van Heeteren knikte.
'Ik mis hem toch wel,' sprak ze zacht. 'Hij was een aardige man... voor mij.'
'Voor anderen niet?'
Annette van Heeteren schudde haar hoofd.
'Niet altijd. Die affaire met Brammetje, zijn compagnon, over wie u vanmorgen sprak, had nooit zo uit de hand mogen lopen.'
'U kent die affaire?'
Annette knikte.
'Ik was er min of meer bij betrokken.'
De Cock trok een bedenkelijk gezicht.
'Heeft de heer Abraham van der Velde werkelijk gefraudeerd? Ik bedoel: is hij terecht tot gevangenisstraf veroordeeld?'
Annette liet haar hoofd iets zakken.
'De heer De Graaf,' antwoordde ze traag, 'was veel intelligenter dan Brammetje... we noemden hem altijd Bram-me-tje.'
Ze zweeg even.
'Ik... eh, ik kan het niet bewijzen,' ging ze traag formulerend verder, 'maar ik heb altijd een sterk vermoeden gehad dat meneer De Graaf hem valselijk stukken heeft laten tekenen, waarvan Bramme-

tje de draagwijdte niet kende... niet besefte waarvoor hij zijn handtekening plaatste.'
'Gemeen.'
Annette knikte.
'De heer De Graaf had destijds wat financiële problemen. Ik schat, dat hij op deze... eh, deze onhoffelijke wijze een oplossing heeft gezocht.'
'Hij wilde Brammetje kwijt.'
Annette tuitte haar lippen.
'Hij was ook min of meer een blok aan zijn been. De inbreng van Brammetje in de vennootschap was onbeduidend... praktisch nihil. Maar zij waren vrienden... al vanaf hun jeugd.'
De Cock zuchtte.
'Brammetje... de heer Van der Velde... koestert nog steeds een wrok jegens De Graaf.'
'Terecht.'
'Hij heeft gezworen hem op een goeie dag nog eens te grazen te zullen nemen. De Graaf is dood. Acht u Brammetje tot een moord in staat?'
Annette trok haar schouders op.
'Brammetje is een primitief mens. Het zou mij niets verbazen als hij in zijn wrok een plan tot moord heeft uitgedacht.'
De Cock glimlachte.
'Daar behoeft men niet "primitief" voor te zijn.'
Op de wangen van Annette verscheen een lichte blos.
'Ik bedoelde het niet denigrerend.'
De Cock blikte om zich heen.
'Wie zet de zaak voort?'
'Mevrouw De Graaf heeft mij verzocht de lopende zaken af te wikkelen.'
'En dan?'
'Ik denk dat haar vriend de zaak zal overnemen.'
De Cock keek verrast op.
'Haar vriend?'
Annette knikte.
'Mevrouw De Graaf heeft al maanden een buitenechtelijke verhouding.'

6

Ze reden van de houten steiger achter het politiebureau weg. De jonge Vledder, aan het stuur van de politie-Golf, keek opzij.
'Wat zeg je... een verhouding... Mathilde de Graaf heeft een buitenechtelijke verhouding?'
In zijn stem trilde ongeloof.
De Cock knikte.
'Al maanden.'
Vledder fronste zijn wenkbrauwen.
'En wist haar man dat?'
De Cock glimlachte.
'Volgens de secretaresse van De Graaf was hij daarvan volkomen op de hoogte.'
'Hoe?'
'Dat weet ik niet,' antwoordde De Cock achteloos. 'En we kunnen het hem niet meer vragen. Zijn secretaresse vertelde mij dat hij er nogal lacherig over deed... of het hem hogelijk amuseerde. Toen Ferdinand de Graaf haar van de buitenechtelijke verhouding van zijn vrouw vertelde, leek hij in een prima humeur... was uiterst opgewekt. Hij sprak over de minnaar van zijn vrouw als "de brave man" en hoopte dat hij in staat zou zijn "om die ijsklomp te ontdooien".'
Vledder grinnikte vreugdeloos.
'IJsklomp... dat klinkt niet vriendelijk.'
De Cock grijnsde.
'Misschien is die typering wel de basis van het slechte huwelijk tussen die twee.'
'En de basis voor moord?'
De Cock trok een bedenkelijk gezicht.
'Dat is moeilijk te zeggen. Gelukkig eindigen niet alle verkilde huwelijken in moord. Het tekort aan cellen was dan niet te overzien.'
De oude rechercheur zweeg even.
'Toch,' ging hij peinzend verder, 'werpt de wetenschap dat Mathilde de Graaf een verhouding had en vermoedelijk nog steeds heeft, weer een heel ander licht op de zaak.'
'In welk opzicht?'

'Als mevrouw De Graaf heeft beoogd haar minnaar buiten haar lijfelijke geneugten ook de onderneming van haar man te laten overnemen, dan is dat een redelijk motief voor moord.'
Vledder gniffelde.
'De lijfelijke geneugten van een ijsklomp?'
'Mathilde is een mooie vrouw.'
'Weet jij wie haar minnaar is?'
De Cock schudde zijn hoofd.
'Ik heb er uiteraard naar gevraagd, maar de secretaresse wist het niet. De Graaf heeft zijn naam nooit genoemd. Maar sprekende over de verhouding van zijn vrouw, had De Graaf eens opgemerkt: "van je vrienden moet je het maar hebben". De secretaresse had uit die woorden van haar chef begrepen dat mevrouw De Graaf een verhouding was begonnen met een vroegere vriend van hem.'
Vledder staarde strak voor zich uit.
'We zullen mevrouw De Graaf,' sprak hij verbeten, 'nog eens aan de tand moeten voelen. Ze heeft ons aanvankelijk een totaal verkeerd beeld van haar huwelijk met De Graaf geschetst.'
De Cock knikte.
'Dat heeft ze. De vraag is: waarom? Florentine gaf een veel realistischer beeld. Maar ook haar verklaring roept vraagtekens op.'
De jonge rechercheur blikte opzij.
'Ik begrijp eerlijk gezegd niet waarom jij nog aarzelt. Alles bijeen genomen... zeker als we ook het verhaal van Roger ter Beek ernstig nemen... dan zijn zij en haar dochter Florentine toch redelijke verdachten van moord? Waarom arresteren we die twee niet en doen tegelijk huiszoeking. Misschien ligt ergens bij hen thuis nog wel het vuurwapen waarmee ze hem hebben vermoord. Dan hebben we de zaak rond.'
De Cock reageerde niet. Hij liet zich wat onderuitzakken. Eerst toen ze na een gezapige rit door de stad de Amstel hadden bereikt, drukte hij zich weer omhoog.
'Ik ben benieuwd,' sprak hij traag, 'of ze de moed heeft om aan de arm van haar minnaar de begrafenis van haar vermoorde man bij te wonen.'

Vledder parkeerde de Golf bij de poort en de rechercheurs stapten uit. De Cock blikte om zich heen en huiverde.
Een schrale, ijzig koude poolwind toverde schuimkoppen op de

golven van de Amstel, joeg onbelemmerd door kale bomen en verschrompelde het eeuwige groen van de hoge haag statige coniferen bij de poort.

Rillend, iets gebogen, slofte de oude rechercheur over het brede toegangspad van de Amsterdamse begraafplaats Zorgvlied.

Het grove grind knerpte onder zijn voeten. Omdat De Cock het gevoel had dat zijn oren hem door de koude wind bijna ontvielen, trok hij de kraag van zijn regenjas ver omhoog en rukte zo wild aan zijn oude hoedje, dat het trouwe hoofddeksel totaal van vorm veranderde. Daarna wurmde hij zijn handen diep in de steekzakken van zijn jas, verwenste de maand november en verlangde vurig naar een milde december.

Vledder liep bibberend naast hem voort.

'Moord of geen moord,' riep hij mopperend boven de joelende wind uit, 'maar dit is de laatste keer dat ik met jou mee ga naar een begrafenis.'

De Cock keek geamuseerd naar opzij.

'En als ik zelf word begraven?'

Vledder grijnsde breed.

'Jij... eh, jij gaat nooit dood.'

Onder een afdakje van de aula stond een groepje mannen en vrouwen. De jonge rechercheur toonde verbazing.

'Komen die allemaal voor De Graaf?'

De Cock bromde.

'Er zijn altijd mensen,' sprak hij afkeurend, 'die op sensatie belust, de begrafenis van een vermoorde man of vrouw bijwonen. Ziekelijk.'

De oude rechercheur ging uit de wind onder het afdakje tussen de 'ziekelijke' belangstellenden staan. Het gaf wat warmte.

Een brede glanzende lijkwagen kroop over het grind van het toegangspad naderbij. Op enige afstand stopten de volgwagens. De deuren van de aula gleden open en de met bloemen bedekte baar werd uit de wagen getild.

De Cock kwam uit de luwte van het afdakje vandaan. Met ontbloot hoofd, zijn vormloos hoedje in zijn hand, keek hij toe en hoopte dat zijn grote oorschelpen het in de koude wind niet zouden begeven.

Toen eenieder door de aula was opgeslokt, stapte hij na Vledder als laatste naar binnen. De rechercheurs schoven naar de achterwand.

Met hun rug tegen de eikenhouten lambrizering, keken ze naar een deftig in het zwart geklede heer, die achter een kathedertje plaatsnam.
De statige heer rangschikte een paar papieren en bracht zijn armen in een theatraal gebaar schuin naar voren.
'*God*,' sprak hij met stemverheffing, '*schenke u Zijn zegen en geve u vrede. Amen.*' Hij liet zijn armen zakken en ging rustiger verder.
'*Ziende op de Heer, die gesproken heeft: Ik ben de opstanding en het leven, die in mij gelooft zal leven; ook al is hij gestorven en een ieder...*'
Vledder stootte De Cock aan.
'Ik heb die tekst meer gehoord,' fluisterde hij.
De Cock knikte.
'Lang geleden bij een andere moordzaak.'
'Welke?'
De Cock antwoordde niet. De scherpe blik van de oude speurder gleed over de ruggen van de aanwezigen.
Vooraan, in het midden, gesluierd in zwarte tule, zat mevrouw De Graaf. Rechts naast haar, ook in stemmig zwart, zat Florentine. Aan haar andere zijde zat een stevig gebouwde heer. Hij had zwart golvend haar. Iets grijzend aan de slapen.
De Cock boog zich naar Vledder.
'Die man,' fluisterde hij, 'die vooraan links naast mevrouw De Graaf zit, heb ik niet uit een van de volgauto's zien komen. Hij stond ook niet bij de "ziekelijken". Vermoedelijk is hij met een eigen vervoermiddel gekomen. Volg hem als de plechtigheid is afgelopen en noteer het nummer van zijn wagen.'
Vledder boog zich naar De Cock toe.
'Is hij haar verhouding?'
De Cock trok zijn schouders op.
'Mogelijk. Het kan ook een familielid zijn, dat wij niet kennen.'
De oude rechercheur liet zijn blik opnieuw langs de aanwezigen dwalen. De zalvende woorden van de heer in het zwart achter het kathedertje gleden langs hem heen.
Op een van de achterste rijen in de aula zag hij een man die hem enigszins bekend voorkwam. Hij tastte in de archieven van zijn herinnering, maar kon het gezicht niet rubriceren. Plotseling pakte hij uit de binnenzak van zijn colbert de politiefoto die Afra Molenkamp van de administratie hem had bezorgd, en vergeleek. Daarna

liet hij de foto aan Vledder zien en wees heimelijk in de richting van de man.
'Is dat hem?' vroeg hij zacht.
Vledder keek en knikte. Daarna tikte hij met zijn wijsvinger op de politiefoto.
'Wie is dat?'
De Cock fluisterde.
'Brammetje... de ex-compagnon van De Graaf.'

De Cock drukte zijn handen tegen zijn hoofd en bracht het gevoel in zijn oren terug. Hij keek naar Vledder, die zijn notitieboekje in de binnenzak van zijn colbert duwde.
'Heb je het nummer?'
De jonge rechercheur knikte.
'Een vette Mercedes.' Hij deed een stap in de richting van hun geparkeerde Golf. 'Gaan we of wil je hier picknicken?'
De Cock wees naar de poort.
'Ik heb Brammetje nog niet van de begraafplaats zien komen.'
'Misschien heeft hij een andere uitgang genomen.'
De Cock schudde zijn hoofd.
'Die is er niet.'
Na een paar minuten kwam een wat gezette man met driftige pas de poort van de begraafplaats uit. De Cock herkende hem van de achterste rij in de aula en liep glimlachend op hem toe.
'U... eh, u bent de heer Abraham van der Velde?'
De man keek hem achterdochtig aan.
'Dat klopt.'
De oude rechercheur lichtte zijn vormloos hoedje.
'Mijn naam is De Cock,' sprak hij vriendelijk. 'De Cock met ceeooceeka.' Hij duimde over zijn schouder. 'En dat is mijn jonge collega Vledder. Wij zijn als rechercheur verbonden aan het politiebureau in de Warmoesstraat.'
'Recherche?'
De Cock knikte en wees naar de geparkeerde Golf.
'Wij bieden u een lift aan.'
Abraham van der Velde schudde zijn hoofd.
'Ik moet geen lift van jullie. Ik pak in de President Kennedylaan wel de bus.'
'Dat is nog een flinke tippel.'

'Dat kan mij niet schelen.'
De glimlach om de mond van De Cock bleef.
'Toch een lift,' sprak hij beslist en dwingend.
Abraham van der Velde keek van De Cock naar Vledder en terug. In luttele seconden monsterde hij de onverzettelijkheid op de gezichten van de rechercheurs en overdacht zijn eigen situatie. Toen draaide hij zich om en stapte schoorvoetend naar de gereedstaande Golf.

Vledder had hem op de achterbank laten plaatsnemen. Nukkig staarde Abraham van der Velde voor zich uit.
'Is dit een arrestatie?'
De Cock draaide zich half om.
'Een lift... dat zei ik toch?'
Abraham van der Velde gromde.
'Ik heb weinig vertrouwen in de prinsemarij.'
'Slechte ervaringen?'
'Absoluut.'
De Cock plukte aan het puntje van zijn neus.
'Mag ik u Brammetje noemen? Iedereen noemt u toch zo?'
Abraham van der Velde maakte een grimas.
'Je bent goed geïnformeerd.'
De Cock knikte.
'Het is mijn vak. Komt u nog wel eens in het café van Smalle Lowietje?'
Brammetje spreidde zijn handen.
'Soms... soms, als ik trek heb in een neut. Ik ben er nu een paar dagen niet geweest.' Hij grinnikte. 'De Smalle zal mij missen.'
De Cock glimlachte.
'Wij zagen u in de aula van Zorgvlied op een van de achterste rijen zitten.' De oude rechercheur trok de politiefoto uit de binnenzak van zijn colbert en liet die zien. 'Dit is een oude, slecht gelijkende foto. We hadden moeite om u daarvan te herkennen.'
Abraham van der Velde trok rimpels in zijn voorhoofd.
'Was dat nodig?' vroeg hij geprikkeld. 'Hebben jullie belangstelling voor me?'
De Cock negeerde de vraag.
'U bent lang op de begraafplaats gebleven. U kwam als laatste de poort uit.'

Abraham van der Velde liet zijn hoofd iets zakken.
'Ik heb gewacht tot ze allen bij het graf waren verdwenen. Toen ben ik teruggegaan.'
'Naar het graf?'
Abraham van der Velde knikte nadrukkelijk. Zijn gezicht vertrok.
'Ik heb in blinde woede,' siste hij, 'een paar kluiten aarde naar zijn kist gesmeten en hem minutenlang verrot gescholden.'
De Cock kon een glimlach niet onderdrukken.
'Hij zal er niets van hebben gemerkt.'
Abraham van der Velde schudde zijn hoofd.
'Nee,' verzuchtte hij, 'maar het luchtte wel op.'
De Cock veinsde onbegrip.
'Vanwaar die haat?'
Abraham van der Velde strekte zijn arm naar De Cock uit.
'Die foto die jij in je zak hebt, die is gemaakt nadat ik was gearresteerd op verdenking van valsheid in geschrifte en fraude. Drie maanden lik heb ik opgeknapt. En weet je aan wie ik dat te danken had?'
De Cock knikte begrijpend.
'Ferdinand de Graaf.'
Abraham van der Velde zwaaide geagiteerd.
'Precies. Die viezerik heeft mij erin geluisd. Ik ben er met open ogen ingevlogen. Hij heeft mij papieren laten tekenen, waardoor ik mijzelf hartstikke strafbaar maakte. Ik had geen enkel verweer. De rechter wilde niet geloven dat ik de bescheiden die ik ondertekende, nooit las... dat ik altijd in blind vertrouwen mijn handtekening zette.'
'Had je geen advocaat?'
Abraham van der Velde knikte.
'Een hele goeie... Meester Martin van Heerlen van de Keizersgracht. Zonder hem was ik er zeker niet met drie maanden vanaf gekomen.'
De Cock zweeg even om de naam te verwerken.
'Waarom meester Van Heerlen?' vroeg hij effen.
'Ik zei toch: hij is een hele goeie. Hij werd mij aanbevolen.'
'Door wie?'
Abraham van der Velde trok zijn schouders op.
'Dat weet ik niet meer. Je zit in de puree en dan noemt iemand je een advocaat.'

'Ken je de vrouw van De Graaf?'
Abraham van der Velde schoof zijn onderlip vooruit.
'Mathilde... een mooie vrouw... een schoonheid, maar volgens Ferdy zo koel als een kikker.'
'Heb je wel eens contact met haar gehad?'
Abraham grijnsde.
'Niet echt. Ik heb haar een enkele keer ontmoet op een feestje van de zaak.'
Er kwam een glimlach van vertedering op zijn gezicht. 'Toen Florentine nog een kleine meid was, speelde ze wel eens op kantoor. Ik mocht haar wel. Het was een leuk kind.'
De uitdrukking op zijn gezicht versomberde.
'Later kreeg ze verkering met een louche gozertje, die handelde in zogenaamde ok-ka-si-on-ne-tjes... tweedehands auto's. En volgens mij was hij er ook niet vies van om een wagentje om te katten*.'
'Kent u hem?'
'Wie?'
'Dat gozertje van Florentine.'
Abraham van der Velde schudde zijn hoofd.
'Nooit ontmoet.'
De Cock fronste zijn wenkbrauwen
'Hoe weet u dan al die bijzonderheden over hem?'
'Van Ferdy. Hij had er zwaar de pest over in dat Florentine met dat gozertje ging samenwonen. Maar Mathilde vond het goed en bij haar had hij niets te vertellen.'
'Zij had de broek aan?'
'Meer dan dat. Daarom ging hij ook zo vaak vreemd. Ferdy was altijd op jacht.'
De Cock boog zich iets verder naar Van der Velde toe.
'Bezit u een vuurwapen?'
Abraham grinnikte.
'Van blaffers komt alleen maar narigheid. Ik moet zo'n ding niet.'
De Cock knikte begrijpend.
'Die oude legerloods van u aan de Houthaven... komt u daar nog wel eens?'
Abraham van der Velde schudde zijn hoofd.

---

* omkatten: gestolen auto's voorzien van het kentekenbewijs en het chassisnummer van een sloopauto.

'Wat moet ik daar zoeken? Ik laat dat ding daar maar staan. Ik hoop dat de gemeente vandaag of morgen die grond nodig heeft, dan brengt die oude loods misschien nog wat op.'
De Cock wachtte even voor hij antwoordde.
'Weet je waar wij Ferdy de Graaf met een kogel in zijn kop hebben gevonden?'
'Geen idee.'
'In uw loods... in uw oude legerloods aan de Houthaven.'
Abraham lachte breeduit.
'Dat verbaast mij niets.'
De Cock keek hem verrast aan.
'Dat verbaast u niet?'
Abraham van der Velde schudde zijn hoofd.
'Als Ferdy weer eens een of andere vrouw aan de hand had, dan nam hij haar altijd mee naar die oude loods.'
'Waarom?'
'Het stinkt er naar rottend hout.'
De Cock keek hem niet-begrijpend aan.
'En?'
'De geur van rottend hout wond hem op.'

7

De ruime parkeerplaats van Zorgvlied was totaal verlaten. Van over het water van de Amstel gierde een felle oostenwind om de oude politie-Golf. Binnen besloegen de ruiten. Het ontging De Cock. De oude rechercheur knikte traag voor zich uit.
'De-geur-van-rot-tend-hout.' Hij proefde de woorden op het puntje van zijn tong. Ter overdenking nam De Cock een kleine pauze. Daarna boog de grijze speurder zich opnieuw over de leuning van zijn autostoel naar Brammetje. 'In welk opzicht wond de geur van rottend hout uw ex-compagnon op?'
'Seksueel.'
'Hoe weet u dat?'
Abraham grinnikte.
'Dat heeft Ferdy mij zelf verteld,' legde hij uit. 'Toen zijn huwelijk met Mathilde in het slop raakte, nam hij haar een keer mee naar mijn oude loods aan de Houthaven. Hij hoopte dat de geur van rottend hout ook haar zou opwinden.'
'En?'
'Het werd niets,' gniffelde Abraham. 'Helemaal niets. Toen Ferdy duidelijk maakte wat hij wilde, liep Mathilde gillend de loods uit. Het is nadien ook nooit meer wat geworden met die twee.'
'Wanneer kan ik gaan rijden!' riep Vledder geprikkeld. 'Ik krijg koude benen.'
De Cock gebaarde nonchalant voor zich uit.
'Ga maar.'
Vledder startte de motor van de Golf.
'Waarheen?'
De Cock antwoordde niet. Hij was zo in gedachten verzonken, dat de vraag hem ontging. Hij wendde zich weer tot Van der Velde.
'En u... Brammetje, raakt u ook opgewonden door de geur van rottend hout... zo opgewonden, dat u eindelijk uw haatgevoelens jegens uw vroegere compagnon in daden kon omzetten?'
Abraham schoof iets van De Cock af.
'Ik... eh, ik begrijp niet wat u bedoelt,' reageerde hij onzeker.
De Cock keek hem strak aan.
'Hebt u Ferdinand de Graaf vermoord?'
Abraham maakte een afwerend gebaar met zijn handen.

'Onzin.'
De Cock schudde zijn hoofd.
'Dat is geen antwoord op mijn vraag.'
Abraham van der Velde snoof.
'Ik herhaal: onzin... pure onzin.' In zijn stem trilde een lichte wrevel. 'Zo diep zat die haat bij mij nu ook weer niet. Ferdy en ik waren vroeger goede vrienden.'
Hij zweeg even.
'En... als ik op zijn dood uit was,' ging hij verder, 'dan had ik hem toch al veel eerder koud gemaakt?'
'Wanneer u hem meteen na het uitzitten van uw straf had vermoord, was de verdenking onmiddellijk op u gevallen. Het was verstandiger... zoals u nu hebt gedaan... om enige tijd te wachten.'
Abraham van der Velde wond zich zichtbaar op.
'Wat zit je te wauwelen,' riep hij kwaad. 'Ik heb hem niet vermoord. Zo'n vent ben ik niet.'
De Cock strekte zijn rechterarm naar hem uit.
'Hij werd in uw loods gevonden.'
'Nou en? Ik kom nooit meer in die loods.'
'En u had een motief.'
Abraham van der Velde stak zijn handen met gespreide vingers demonstratief omhoog. Zijn neusvleugels trilden.
'Hier,' gilde hij, 'hier... aan deze handen kleeft geen bloed.'
De Cock keek hem onbewogen aan.
'Dat zie ik,' sprak hij achteloos. 'Ze zijn schoon. U hebt ze vanmorgen goed gewassen.'
De oude rechercheur schudde afkeurend zijn hoofd.
'Ik ben niet onder de indruk van die wilde emotionele gebaren. Ze imponeren mij niet. "Hier kleeft geen bloed aan" is een loze kreet. Waar was u op de dag van de moord?'
Van der Velde ademde diep.
'Weet ik veel,' riep hij luid. 'Weet ik veel. Ik houd er geen dagboek op na.'
'U hebt geen alibi?'
Abraham van der Velde schudde zijn hoofd. Hij schoof weer wat dichter naar De Cock toe.
'Ik heb geen alibi,' verzuchtte hij. 'En ik ben ook niet van plan om een alibi voor je op te bouwen. Verder kan het mij geen moer schelen wie Ferdy uiteindelijk naar de eeuwige jachtvelden heeft ge-

zonden. Ik was het niet. En als jij zo graag wilt weten wie het wel was, dan moet je je huiswerk goed doen.'
Vledder stootte De Cock met zijn elleboog aan en wees naar het stuur van de Golf.
'Waarheen?' herhaalde hij dwingender.
De grillige accolades rond de mond van De Cock dansten een glimlach.
'Naar het huis van Brammetje op de Wallen,' sprak hij vriendelijk. 'Brammetje krijgt van ons een lift. Dat hadden we hem toch beloofd?'

Vledder warmde zijn handen boven de oude gaskachel van de grote recherchekamer. De jonge rechercheur rilde.
'Ik ben verkleumd,' klaagde hij. 'Tot op het bot. Had je die Brammetje niet mee kunnen nemen naar ons warme bureau in plaats van dat verhoor in die koude Golf?'
De Cock kwam naast hem staan.
'Het leek mij emotioneel beter om onmiddellijk na de begrafenis met hem te praten. Het heeft soms een gunstig effect.'
Vledder liep brommend bij hem weg en liet zich in de stoel achter zijn bureau zakken.
De Cock nam tegenover hem plaats.
De jonge rechercheur trok zijn neus op.
'Brammetje zegt,' sprak hij minachtend, 'dat de haat bij hem niet zo diep zat. Dat is kletskoek. Aan het graf van zijn vroegere vriend smijt hij in woede kluiten aarde op de kist en vloekt hem stijf.'
De Cock maakte een schouderbeweging.
'Een onschuldige reactie.'
Vledder schudde zijn hoofd.
'Niet onschuldig,' riep hij protesterend. 'Dat is een actie van binnen uit... een daad van woede, wraak. Een uiting van pure haat.'
'En?'
'We hadden hem moeten insluiten.'
'Voor moord?'
Vledder knikte nadrukkelijk.
'De haatgevoelens van Brammetje jegens zijn vroegere compagnon zijn daarvoor groot genoeg.'
De Cock veinsde verbazing.

'Jij had Florentine en haar moeder ook al voor dezelfde moord willen arresteren.'
'Natuurlijk,' reageerde Vledder fel. 'Ook zij hebben een motief. Als je alle verdachten inzake een moord vrij laat rondlopen, kom je nooit tot een oplossing.'
De Cock negeerde de opmerking. Wanneer een rechercheur, zo meende hij, de innerlijke overtuiging van schuld miste, dan diende hij zich van dwangmaatregelen, zoals een arrestatie, te onthouden. De oude rechercheur wist dat zijn mening niet door al zijn collega's werd gedeeld.
Hij liet het onderwerp rusten en keek zijn jonge collega aan.
'Weet je al van wie die "vette" Mercedes was?'
Vledder schoof een lade van zijn bureau open en raadpleegde een notitie.
'Michel... Michel van Amerongen,' las hij hardop, 'oud tweeënveertig jaar, directeur en eigenaar van Duimslag, een keten van doe-het-zelfzaken. Van Amerongen geldt als een gefortuneerd man. Hij is getrouwd, woont in Bussum en heeft zijn kantoor aan de Van der Madeweg in Duivendrecht.'
De Cock toonde bewondering.
'Je hebt je huiswerk goed gedaan.'
Vledder gniffelde.
'Aan mij zou Brammetje niet twijfelen.'
De opmerking toverde een brede glimlach op het gezicht van De Cock. Hij hield zijn hoofd iets schuin.
'Iets... eh, iets vernomen van een innige relatie met Mathilde de Graaf?'
Vledder schudde zijn hoofd.
'Ik heb alleen officiële instanties geraadpleegd,' sprak hij grijnzend. 'Stiekeme relaties worden daar niet geregistreerd.'
De Cock liet de lichte spot langs zich heen glijden. Hij staarde nadenkend voor zich uit.
'Doe-het-zelfzaken... verkopen die ook hout?'
Vledder lachte.
'Wat is een doe-het-zelfzaak zonder hout?' vroeg hij verbaasd. 'Heb jij nooit een schrootjeswand aangelegd of een schrootjesplafond opgehangen... nooit aan een tuinhek getimmerd of een wasbak vernieuwd?'
De Cock stak zijn handen gedraaid omhoog.

'Twee linkerhanden. Ik kan nog geen spijker in de muur slaan en als bij ons thuis een lamp uitvalt, moet mijn vrouw er een nieuwe indraaien.'
Vledder schudde zijn hoofd.
'Ik begrijp niet,' sprak hij gniffelend, 'waarom dat mens al die jaren bij je is gebleven.'
'Ik vrees dat ik jou het antwoord op die vraag schuldig moet blijven.' De oude rechercheur glimlachte. 'Ik heb het idee dat "dat mens" nog steeds blij met me is.'
De grijze speurder kwam overeind en liep naar de kapstok. Vledder kwam hem na.
'Waar gaan we heen?'
De Cock kroop onder zijn hoedje.
'Naar Michel van Amerongen... vragen waarom en met welke gevoelens hij de teraardebestelling van Ferdinand De Graaf bijwoonde.'
Hij blikte opzij.
'Weet je de Van der Madeweg in Duivendrecht te vinden?'
'Blindelings.'
De Cock grijnsde.
'Ik zou er mijn ogen maar bij open houden.'

Vanaf de slingerende Randweg in Duivendrecht reden ze rechts de Van der Madeweg op. Er was vrij veel vrachtverkeer. Een grote truck danste voor hen uit over de golvende weg. Onder het metrostation door reden ze in de richting van de Spaklerweg.
De Cock wees voor zich uit.
'Het is beslist voorbij de kruising links. Daar zijn nieuwe kantoorgebouwen gekomen.'
Vledder raadpleegde zijn notitie en knikte.
Het kantoor van Duimslag bv bleek een fantasieloos rechthoekig gebouw van grauw beton. Het had drie verdiepingen met kleine vierkante ramen.
Hij parkeerde de Golf pal voor de ingang. De rechercheurs stapten uit en liepen op het gebouw toe. Bij hun nadering schoven de glazen deuren open. Via een sluis en een tweede stel deuren kwamen ze in de hal met een balie waarachter een jonge knappe blonde receptioniste resideerde. Ze stond van haar stoel op en blikte van De Cock naar Vledder en terug.

'Kan ik u ergens mee helpen?' vroeg ze onzeker.
De oude rechercheur lichtte beleefd zijn hoedje.
'Mijn naam is De Cock... met... eh, met ceeooceeka.' Hij gebaarde opzij. 'En dat is mijn collega Vledder. Wij zijn als rechercheur verbonden aan het politiebureau in de Warmoesstraat.'
Er kwam schrik in de ogen van de jonge vrouw.
'Recherche?'
De Cock knikte.
'Wij wilden graag een onderhoud met de directeur... de heer Van Amerongen... de heer Michel van Amerongen.'
'Waar gaat het over?'
De Cock lachte vrolijk.
'Dat... eh, dat zullen wij de heer Van Amerongen beslist vertellen.'
Even aarzelde de receptioniste. Toen pakte ze de telefoon. Na een kort beraad kwam ze van achter haar balie vandaan.
'Gaat u maar mee,' sprak ze beminnelijk.
De rechercheurs volgden haar door een lange brede gang met reproducties van Chagall aan de muren.
Aan het einde van de lange gang opende ze een deur, bleef half in de deuropening staan en gebaarde naar binnen.
De Cock en Vledder stapten de kamer in.
Achter een breed bureau zat een stevig gebouwde man in een effen parelgrijs kostuum. Hij had zwart golvend haar; iets grijzend aan de slapen. De Cock herkende hem onmiddellijk als de heer die in de aula op Zorgvlied links van mevrouw De Graaf zat.
De man kwam achter zijn bureau vandaan, liep op hen toe en wees naar een zitje in een hoek van zijn kamer.
'Neem plaats... neem plaats,' jubelde hij. 'Het gebeurt mij niet vaak dat ik zulk hoog bezoek krijg.'
De Cock fronste zijn wenkbrauwen.
'Hoog bezoek?' vroeg hij niet-begrijpend.
Van Amerongen knikte nadrukkelijk.
'Meesterspeurder De Cock.'
De oude rechercheur wuifde zijn woorden weg.
'U bent de heer Van Amerongen... Michel van Amerongen?' vroeg hij zakelijk.
De man knikte.
'Oud tweeënveertig jaar,' vervolgde hij jolig, 'gehuwd, woont in Bussum, eigenaar-directeur van Duimslag bv, een keten van doe-

het-zelfzaken.'
Hij stak zijn handen omhoog.
'Iedere doe-het-zelver,' ging hij verklarend verder, 'slaat zich wel eens een keer op zijn duim. Duimslag leek mij een toepasselijke naam.'
De oude rechercheur treuzelde tot Van Amerongen had plaatsgenomen en koos toen een fauteuil tegenover hem. Vanaf die plek gleed het licht uit de kleine ramen over zijn hoofd en schouders op het gelaat van Michel van Amerongen. Geen enkele reactie op het gezicht van de zakenman bleef versluierd.
De Cock legde zijn hoedje naast zich op het tapijt en knoopte zijn regenjas los.
'Wij hebben,' opende hij voorzichtig, 'vanmorgen ambtshalve de begrafenis van de heer Ferdinand de Graaf bijgewoond. Wij volgden ook de daaraan voorafgaande dienst in de aula en zagen u naast de echtgenote van de vermoorde zitten. Vandaar onze interesse.'
Van Amerongen glimlachte.
'Begrijpelijk... volkomen begrijpelijk,' riep hij enthousiast. 'Bij het oplossen van een moord mag men niets onbeproefd laten.'
'U was namens de familie uitgenodigd?'
'Voor de begrafenis, bedoelt u?'
'Ja.'
Van Amerongen schudde zijn hoofd.
'Ik las van zijn tragisch overlijden in een ochtendkrant.'
'U kende de heer De Graaf?'
Van Amerongen knikte.
'Ik was vroeger met hem bevriend. Sinds enkele jaren is die vriendschap wat bekoeld, maar zakelijk hadden wij nog steeds een goede relatie.'
'Zakelijk?'
'Hout. Ferdy importeerde tropische houtsoorten. Tot voor kort heb ik voor mijn vestigingen vrij veel meranti en merbau van hem afgenomen.'
'Tot voor kort... was ook zakelijk de relatie met de heer De Graaf bekoeld?'
Van Amerongen schudde zijn hoofd.
'Milieu-overwegingen. Ter bescherming van de regenwouden wordt ons van overheidswege aangeraden om geen tropische hout-

soorten meer te verkopen.'
'En daar houdt u zich aan?'
'Waarom zullen wij niet meewerken om ons milieu te beschermen. Wij verkopen nu alleen nog vuren- en grenenhout.'
De Cock glimlachte beminnelijk.
'Ik heb nog niet van u gehoord hoe u op Zorgvlied in de aula terechtkwam?'
Van Amerongen vouwde zijn handen.
'Nadat ik kennis had genomen van het overlijden van mijn oude vriend Ferdy,' sprak hij gedragen, 'heb ik Mathilde, zijn... eh, zijn weduwe, opgezocht... haar gecondoleerd met het verlies van haar man... en haar gevraagd of ze wellicht hulp nodig had.'
'Had ze hulp nodig?'
'Dat schatte ik... daar ging ik van uit. Ferdy kennende, bestond de mogelijkheid dat hij haar totaal onbemiddeld had achtergelaten. Financieel beheer was niet zijn sterkste kant. Bovendien moest er leiding gegeven worden aan zijn zaak. Het zou jammer zijn om die te laten verslonzen.'
'Hoe... eh, hoe reageerde Mathilde. Ik bedoel... mevrouw De Graaf?'
Van Amerongen liet zijn hoofd iets zakken.
'Ik had niet het idee dat ze erg onder de indruk was van de dood van haar man. Er waren bij haar geen tekenen van rouw of verdriet. Integendeel.'
'Hoe reageerde zij op uw aanbod tot hulp?'
Van Amerongen staarde enkele seconden nadenkend voor zich uit.
'Niet direct enthousiast,' formuleerde hij voorzichtig. 'Koel en een tikkeltje gereserveerd. Mathilde vroeg mij alleen om tijdelijk het beheer van de zaak van haar man over te nemen... tot ze een geschikte opvolger had gevonden.'
'Mathilde nodigde u wel uit om de begrafenis van haar man bij te wonen?'
Van Amerongen knikte.
'Om praatjes te voorkomen wilde ze niet dat ik met een volgauto mee reed.'
'Wat voor praatjes?'
'U weet hoe mensen zijn.'
De Cock glimlachte.
'Dat weet ik niet,' sprak hij hoofdschuddend. 'Als ik precies wist

hoe mensen waren, was mijn werk veel eenvoudiger. Ze zijn veel gecompliceerder dan men oppervlakkig zou denken.'
De oude rechercheur boog zich iets naar Van Amerongen toe.
'U kende Mathilde ook van vroeger?'
Van Amerongen reageerde niet direct. Het leek alsof hij zijn antwoord overwoog.
'Ferdy en ik waren rivalen,' sprak hij zacht.
De Cock ploegde een denkrimpel in zijn voorhoofd.
'Rivalen... naar de gunst van Mathilde?'
'Exact.'
'Was dat de reden dat uw vriendschap met de heer De Graaf bekoelde?'
Van Amerongen zuchtte diep.
'Ze koos voor Ferdy.'
'Er wordt gefluisterd dat Mathilde de Graaf al maanden voor de dood van haar man een buitenechtelijke verhouding had.'
Van Amerongen toonde zich verrast.
'Met wie?'
De Cock stak zijn rechterwijsvinger naar hem uit.
'Met u?'
Van Amerongen lachte.
'Mathilde is een aantrekkelijke vrouw. Begeerlijk voor iedere man.'
'Ook voor u?'
Van Amerongen knikte nadrukkelijk.
'Ook voor mij. Absoluut. Ik ben min of meer gelukkig getrouwd, maar als Mathilde... nu na de dood van haar man... toenadering tot mij zoekt, dan zal ik die toenadering beslist niet afwijzen.'
De Cock gniffelde.
'Een prachtige formulering. Het betekent dat u als getrouwd man niet zou schromen om een verhouding met Mathilde aan te gaan?'
Van Amerongen knikte.
'Als zij dat wenst.'
De Cock keek de zakenman onderzoekend aan.
'Nu... na de dood van haar man... is de weg naar de begeerlijke Mathilde vrij.'
Van Amerongen knikte weer.
'Er zijn geen belemmeringen meer.'
Over het brede gezicht van De Cock gleed een grijns.

'Hoeveel was het u waard om uw vroegere rivaal in de liefde uit te schakelen en de weg naar Mathilde vrij te maken?'
De joligheid gleed van het gelaat van Michel van Amerongen. In zijn donkere ogen kroop achterdocht.
'Ik... eh, het was... eh.' Hij stotterde. 'Ik... eh, ik begrijp u niet.'
De grijns op het gezicht van De Cock bleef. Hij hield zijn hoofd iets schuin.
'Was die weg u een moord waard?'

8

De beide rechercheurs reden in hun trouwe Golf van de Van der Madeweg terug naar de Kit. Vledder, aan het stuur, staarde somber voor zich uit. De jonge rechercheur was zichtbaar uit zijn humeur. De Cock keek hem peilend aan.
'Ging het niet naar je zin?'
Vledder schudde zijn hoofd.
'Onze kring van verdachten,' riep hij wrevelig, 'wordt steeds groter. Blijkbaar hadden velen een motief om de viriele Ferdinand de Graaf naar de andere wereld te helpen.'
De Cock knikte.
'De vraag is welk motief indringend genoeg was. Mathilde had een slecht huwelijk, Brammetje koesterde een wrok en Michel van Amerongen wilde een rivaal kwijt.'
De oude rechercheur schudde zijn hoofd.
'Als er niets bij komt, vind ik in geen van deze motieven een argument voor moord.'
Vledder keek even opzij.
'Wat bedoel je met: als er niets bij komt?'
De Cock zuchtte.
'Factoren die wij nog niet kennen... factoren die aan de motieven van Mathilde, Brammetje en Michel van Amerongen een extra dimensie geven.'
'Hoe komen wij daar achter?'
De Cock glimlachte.
'Snuffelen. Wroeten. De kring van verdachten blijven prikkelen. Het zou mij bijvoorbeeld niets verbazen wanneer op dit moment Michel van Amerongen met zijn Mathilde belt.'
'Denk je dat hij de geheimzinnige minnaar van mevrouw De Graaf is?'
De Cock maakte een grimas.
'Het heeft er alle schijn van. Tenzij er nog een andere man uit haar omgeving opduikt. Mooie, rijpere vrouwen zoals Mathilde, zijn aanlokkelijk voor mannen in vrijwel alle leeftijdsgroepen.'
De sombere trek op het gezicht van Vledder verdween.
'We zijn nog geen pubers in ons onderzoek tegengekomen,' sprak hij lachend.

De Cock liet zich wat onderuitzakken.
'Wie weet,' gromde hij. 'Ik heb het idee dat in deze zaak nog van alles mogelijk is.'
Hij keek schuin omhoog.
'Ik heb nog geen verslag van je gekregen van de gerechtelijke sectie.'
Vledder trok achteloos zijn schouders op.
'Een nekschot... vernieling van het verlengde merg... een vrijwel onmiddellijke dood.'
'En de kogel?'
'Zat pal onder het schedeldak. Ook de hersenen waren door de baan van de kogel zwaar beschadigd. Volgens onze wapendeskundige is het een negen millimeter, vermoedelijk afgevuurd uit een revolver. Maar daarover had hij geen zekerheid.'
'Krijgen we nog een uitgebreid verslag?'
Vledder knikte.
'Dat heeft hij beloofd.' De jonge rechercheur grinnikte. 'Hij vroeg of wij het wapen al hadden gevonden.'
'Optimist.'
Vledder parkeerde de Golf op de houten steiger achter het bureau. Ze stapten uit en slenterden via de Oudebrugsteeg naar de Warmoesstraat. Op de kruising liep De Cock rechtdoor naar de Lange Niezel.
Vledder bleef midden op de kruising staan en gebaarde naar links.
'Het politiebureau is daar,' schreeuwde hij uit volle borst. 'Ben je dat na vijfentwintig jaar Warmoesstraat vergeten?'
De Cock slofte onverstoorbaar verder.
Vledder holde achter hem aan.
'Waar ga je heen?'
De Cock wees voor zich uit.
'Naar de Kromme Waal bij de Geldersesteeg.'
'Wat is daar?'
De Cock trok zijn gezicht strak.
'Daar woont Mathilde de Graaf met haar dochter Florentine. Ik meen, dat beiden ons nog wat uitleg verschuldigd zijn.'

Haar rouwkleding uit de aula was vervangen door een blauwzwart rokje, waarboven een witte wijde katoenen blouse met volanten aan kraag en mouwen.

Mathilde de Graaf keek De Cock, die tegenover haar zat, bijna uitdagend aan. Er was geen spoor van verdriet of verslagenheid.
'Florentine is er niet,' sprak ze spijtig. ' Ze is vanmiddag na de begrafenis de stad ingegaan. Ik weet niet hoe laat ik haar terug kan verwachten. Daar heeft ze niets over gezegd.'
Ze schonk hem een milde glimlach.
'Zal ik haar straks sturen als ze komt?'
De Cock knikte traag. Hij snoof de geur van haar exotisch parfum op en onderging opnieuw de betovering.
'U... eh, u hebt ons,' opende hij voorzichtig, 'van het begin af een verkeerde voorstelling van zaken gegeven. U schetste uw huwelijk als een vleugje hemels paradijs, terwijl ik inmiddels tot de conclusie ben gekomen dat het voor u een hel op aarde moet zijn geweest.'
Mathilde de Graaf spreidde haar armen.
'Het was een reactie uit mijn jeugd,' legde ze uit. 'Ik ben godsdienstig opgevoed... ging in mijn jeugd trouw ter kerke. Mijn ouders leerden mij ook om de vuile was nooit buiten te hangen. Dat vind ik nog steeds een juist standpunt. Niemand heeft iets te maken met mijn ellende en verdriet. Daar verkneuteren de mensen zich alleen maar om.'
De Cock keek haar bestraffend aan.
'Het was voor ons een slechte basis om een onderzoek naar moord te beginnen.'
Mathilde zwaaide afwerend.
'Ik wist op het moment dat ik bij u kwam toch nog niet dat mijn man was vermoord.'
De Cock strekte zijn arm naar haar uit.
'Maar op het moment dat u het wel wist, bent u niet naar mij toe gekomen om...'
Mathilde onderbrak hem.
'Florentine had u een juister beeld van mijn huwelijk geschetst. Ik voelde niet de behoefte om daar nog iets aan toe te voegen.'
De Cock glimlachte.
'Uw man... zo is mij ter ore gekomen... sprak niet vleiend over u. Hij noemde u een ijsklomp. En dat klinkt niet erg complimenteus.'
Het gezicht van Mathilde versomberde.
'Ik ben een gezonde vrouw, rechercheur,' sprak ze ferm. 'Nog geen veertig... in de bloei van mijn leven. Ik wist dat Ferdy zich

van het ene avontuurtje in het andere stortte... dat hij van het ene bed in het andere kroop. Die gedachte kweekte afkeer. Ik vond hem op den duur vies en weigerde elke seksuele toenadering.'
'Vandaar... ijsklomp.'
'Dat denk ik.'
De Cock aarzelde en kauwde op zijn onderlip.
'Uw... eh, uw man heeft ook beweerd,' sprak hij weifelend, 'dat u... eh, vreemdging... dat u een verhouding had.'
Mathilde reageerde verrast.
'Heeft hij dat gezegd?'
In haar stem trilde ongeloof.
De Cock knikte.
'Wie was die man?'
Mathilde schonk hem een wrange glimlach.
'Het is een leugen... een pure leugen. Ferdy provoceerde mij. Hij had een ongetrouwde vriend, Jelle Poelstra. Ferdy nodigde hem steeds bij ons thuis uit en dan ging hij weg en liet mij met Jelle alleen. Toen ik van Ferdy begreep wat zijn bedoeling was, heb ik tegen Jelle gezegd dat ik hem niet meer zou ontvangen... ook al was hij door Ferdy uitgenodigd.'
'Smerig.'
Mathilde de Graaf knikte.
'Zo was hij.'
De Cock keek haar niet-begrijpend aan.
'Als er in feite geen sprake meer was van een echt huwelijk tussen u en Ferdy, dan had u toch beter bij hem vandaan kunnen gaan?'
Mathilde de Graaf schudde haar hoofd.
'Wat God vereent,' sprak ze plechtig, 'zal de mens niet scheiden.'
'Een ouderwetse opvatting.'
'Voor u?'
De Cock liet zijn hoofd iets zakken. Eerst na enkele seconden keek hij op.
'Scheiden is beter dan moord.'
'Moord?'
De Cock knikte.
'Moord.'
Mathilde keek hem strak aan.
'U denkt toch waarachtig niet dat ik iets met de moord op Ferdy te maken heb?'

De Cock gebaarde achteloos.
'Er waren plannen. Ik heb begrepen dat u en Florentine zijn dood wel degelijk hebben overwogen.'
Er zweefde een glimlach vol minachting om haar lippen.
'U hebt zeker met Roger ter Beek gesproken,' reageerde ze smalend. 'Dat uilskuiken is hier geweest en heeft Florentine en mij van moord beschuldigd.'
'Wanneer?'
'Gisteravond.'
De Cock veinsde onbegrip.
'Had Roger ter Beek redenen om u beiden van moord te beschuldigen?'
Mathilde schudde vertwijfeld haar hoofd.
'Florentine is veel emotioneler dan ik,' reageerde ze heftig. 'Ze is een kind van haar tijd. Ongeremd... ongehinderd door principes. Bovendien zat haar afkeer jegens mijn man veel dieper dan bij mij. Ik kende alleen maar medelijden.'
'En Florentine?'
De ogen van Mathilde fonkelden.
'Haat. Mijn man heeft een paar maal geprobeerd om Florentine te verleiden... drong 's nachts haar slaapkamer binnen om haar in het donker te betasten. Het was een onhoudbare situatie. Daarom is zij met dat uilskuiken gaan samenwonen.'
'Tegen de wil van uw man?'
Mathilde knikte heftig.
'Zeker. Hij zag een prooi aan zich voorbijgaan.'
Ze zweeg even en frunnikte aan de volanten van haar blouse.
'Ik was er ook niet blij mee,' ging ze verder. 'Wat Florentine destijds in die jongen heeft gezien, mag Joost weten. Ik heb het altijd als een vlucht beschouwd.'
'Een vlucht voor haar vader?'
'Precies. Roger ter Beek is een louche nietsnut. Ter wille van de lieve vrede heb ik uiteindelijk maar toestemming gegeven. Ik had weinig keus.'
'Roger ter Beek beweerde dat Florentine het bloed van haar vader wel kon drinken.'
Mathilde sloeg haar handen ineen.
'Ik zei toch... ze haatte hem. Hartgrondig. Florentine heeft haar afkeer jegens haar vader nooit onder stoelen of banken gestoken. Ze

schreeuwde het als het ware van de daken.'
'Was haar haat, haar afkeer, de reden dat ze om een vuurwapen vroeg?'
Mathilde de Graaf ademde diep.
'Weer zo'n idianenverhaal,' antwoordde ze vermoeid. 'Florentine liet zich een keer ontvallen dat ze haar vader kapot moesten schieten. Het was zo'n kreet uit woede, nadat ze weer eens een ruzie tussen mij en Ferdy had bijgewoond.'
Mathilde zweeg even en sloeg haar handen voor haar gezicht.
'De volgende dag legde dat uilskuiken Florentine een revolver in haar handen.'
'En?'
'Wat bedoelt u?'
'Waar is die revolver gebleven?'
Mathilde de Graaf maakte een hulpeloos gebaar.
'Geen idee. Florentine heeft de revolver op hun bed gesmeten en is schreeuwend weggelopen.'
'En de revolver bleef bij Roger ter Beek?'
Mathilde de Graaf knikte instemmend.
'Volgens mij heeft hij hem nog.'

Vledder grinnikte.
'De mortuis nil nisi bene*.'
De Cock keek hem bewonderend aan.
'Die Latijnse spreuk heb je goed onthouden.'
Vledder knikte.
'Over de doden niets dan goeds. Maar ik heb tot nu toe weinig goeds over de vermoorde Ferdinand de Graaf vernomen. Integendeel. Ik heb het idee dat maar weinigen om zijn heengaan treuren.'
'Misschien zijn velen zijn moordenaar wel dankbaar,' vulde De Cock hem aan.
Vledder kwam half uit zijn stoel overeind. Steunend op zijn elektronische schrijfmachine boog hij zich naar zijn oude collega. Zijn gezicht stond ernstig.
'Nu we,' formuleerde de jonge rechercheur zorgvuldig, 'zoveel negatieve karaktereigenschappen van die man kennen... weten hoe

* zie: *De Cock en moord op de Bloedberg*

hij zich dikwijls en in vele opzichten heeft misdragen... is het ethisch dan nog wel verantwoord om achter zijn moordenaar aan te jagen?'
'Je bedoelt, dat wij de zaak verder maar moeten laten rusten?'
'Ja.'
De Cock glimlachte.
'De beoordeling of de vermoorde Ferdinand de Graaf een slecht mens was en zijn moordenaar clementie verdient... ligt niet bij ons.'
'Ik weet het, maar het blijft jammer.'
De Cock negeerde de opmerking.
'Wij moeten zijn moordenaar vinden. Dat is onze taak. Uiteindelijk zal de rechter met zijn strafmaat bepalen hoe schuldig hij die moordenaar acht.'
Vledder liet zich weer in zijn stoel terugzakken.
'Wij gaan dus gewoon door?'
'Absoluut.'
'Huiszoeking doen bij Roger ter Beek?'
De Cock trok een bedenkelijk gezicht.
'Wat weten we? Roger ter Beek had een revolver. Dat is gezien door Florentine. En verder?'
De oude rechercheur schudde zijn hoofd.
'Op die basis krijgen we nooit een officieel bevel tot huiszoeking. De verdenking is te vaag, de bewijzen te summier.'
'En on-officieel?'
De Cock gniffelde.
'Je bedoelt met het apparaatje van Handige Henkie?'
Vledder knikte.
'Sloten hebben voor jou toch geen geheimen.'
De Cock schudde zijn hoofd.
'Dit keer liever niet. Gestel, dat wij die revolver in de woning van Roger ter Beek vinden. Dan moeten we hem laten liggen. We kunnen hem niet meenemen.'
'Waarom niet?'
'Onrechtmatig verkregen bewijs. Ik wil het risico niet lopen om door een of andere advocaat naar het verdachtenbankje te worden verwezen.'
'Wat wil je dan doen?'
De Cock grijnsde.

'We nodigen Roger ter Beek uit om de revolver bij ons in te leveren.'
'En als hij dat niet doet?'
De Cock spreidde zijn handen.
'Hij zal toch met een verhaal moeten komen. En dan kunnen we nog...'
De oude rechercheur stokte. Er werd op de deur van de recherchekamer geklopt en Vledder riep: 'Binnen.'
In de deuropening verscheen een lange magere man. De Cock schatte hem op voor in de veertig. Hij droeg een fraaie bruine wintermantel en een imposante bontmuts. In trage tred liep hij op de grijze speurder toe. Bij het bureau bleef hij staan en nam zijn bontmuts af.
De oude rechercheur nam de man nauwkeurig in zich op. Hij had een scherp gesneden gezicht met een licht geprononceerde neus en lichtgroene ogen. Zijn blonde haren waren strak achterover gekamd.
De man boog zich iets naar voren.
'Mag ik u even spreken?'
De Cock gebaarde naar de stoel naast zijn bureau.
'Neemt u plaats.'
De man knoopte zijn mantel los en ging zitten.
'Mathilde... mevrouw De Graaf,' sprak hij zacht, 'heeft mij een halfuurtje geleden gebeld. Ze verontschuldigde zich.'
'Waarvoor?'
'U bent toch rechercheur De Cock?'
'Inderdaad.'
'Ze had aan u mijn naam genoemd. Ik ben Jelle Poelstra. Tot een paar maanden geleden kwam ik dikwijls bij Mathilde op visite.'
De Cock knikte.
'Dat vertelde ze. U deed dat op uitnodiging van haar man.'
Jelle Poelstra streelde de bontmuts op zijn schoot.
'Ferdinand de Graaf vertelde mij dat zijn vrouw zich vaak eenzaam voelde, omdat hij door zaken dikwijls van huis was.'
'U moest haar gezelschap houden?'
'Precies.'
De Cock glimlachte.
'Meer niet?'
Over het gelaat van Jelle Poelstra gleed een smartelijke trek.

'Dat... eh, dat is nu precies wat mij kwelt. Er is tussen mij en Mathilde nooit iets geweest. Geen verhouding, geen liefde, geen intieme relatie.'
De Cock keek de man onderzoekend aan.
'Wie beweert van wel?'
'Ik ben bang voor geruchten.'
'Zijn die er?'
Jelle Poelstra stak zijn handen trillend omhoog.
'Ik wil,' sprak hij nadrukkelijk, 'dat u er van doordrongen bent dat er voor mij geen enkele reden bestond om Ferdinand de Graaf iets aan te doen. Ik heb met die moord op hem niets te maken.'

9

De Cock keek de man hoofdschuddend na.
'Jelle Poelstra,' mompelde hij zacht voor zich uit. 'Een vreemde man.'
Vledder wachtte tot de deur van de recherchekamer achter de man dichtsloeg. Hij keek zijn oude collega breed lachend aan.
'Ik hoop, De Cock, dat je goed hebt geluisterd,' riep hij vrolijk. 'Jij moet er wel van doordrongen zijn dat er voor hem geen enkele reden bestond om Ferdinand de Graaf iets aan te doen. Hij heeft met die moord niets te maken.'
Het klonk spottend.
De Cock krabde zich achter in zijn nek.
'Je vraagt je af waarom zo'n man dat komt vertellen. We hebben hem toch nergens van beschuldigd? Ik begrijp ook niet waarom Mathilde de Graaf hem heeft gebeld. Ze heeft mij de naam Jelle Poelstra genoemd. Is dat voor hem verontrustend?'
Vledder grinnikte.
'Blijkbaar verontrustend genoeg om zich bij ons te melden.'
De Cock gleed met zijn pink over de rug van zijn neus.
'Het geeft toch te denken,' sprak hij peinzend. 'Zou er tussen Mathilde en Jelle Poelstra toch meer zijn geweest dan een oppervlakkige vriendschap... zou Jelle Poelstra heimelijk wel eens met de gedachte hebben gespeeld om zijn vriend Ferdinand de Graaf om zeep te helpen en kwelt nu zijn geweten?'
De oude rechercheur trok een vies gezicht. Hij stond van zijn stoel op en begon door de recherchekamer te stappen. Bij de cadans van zijn tred lieten zijn gedachten zich gemakkelijker ordenen.
'Wat was dat voor een vreemd soort vriendschap?' vroeg hij hardop. 'Had Jelle Poelstra van Ferdinand de Graaf echt de opdracht gekregen om Mathilde te verleiden, zodat hij haar van overspel kon betichten? Zo ja, wat had dat voor nut?'
Vledder keek zijn oude collega, toen die langs zijn bureau liep, verward aan.
'Wat verwacht je van mij?' vroeg hij verbaasd. 'Dat ik op al die vragen een antwoord geef?'
De Cock bleef staan en schudde zijn hoofd.
'Het is een gedachtenspel,' antwoordde hij geprikkeld. 'Meer

niet. Ik krijg altijd de smoor in als mensen ons voor raadsels plaatsen.'
Vledder snoof.
'Die Jelle Poelstra is in mijn ogen gewoon een waardeloze vent. En ik voel geen enkele behoefte om hem aan ons lijstje van verdachten toe te voegen. Daar staan al te veel namen op.'
De Cock trok zijn gezicht in een grijns.
'Duik toch maar eens in onze administratie en trek hem na. Ik kan er niets aan doen. Die vent bezorgt mij een vies, klef gevoel.'
De oude rechercheur strekte zijn arm naar zijn jonge collega uit.
'Bel ook met Roger ter Beek en zeg hem dat hij ons morgen die revolver brengt... zo niet, dan komen wij hem arresteren voor illegaal vuurwapenbezit.'
Vledder keek naar hem op.
'Heb je nog meer noten op je zang?'
De Cock liep hoofdschuddend van hem weg naar de kapstok.
'Waar ga je nu nog heen?' vroeg Vledder.
De Cock wees, terwijl hij doorliep, naar de grote klok boven de deur van de recherchekamer.
'Bijna elf uur,' riep hij knorrig. 'Ik vind het mooi genoeg voor vandaag.'
Hij schoof zijn oude hoedje over zijn grijze haardos en draaide zich half om.
'Mijn vermoeid lijf smeekt om een kop warme chocolademelk, een schone pyjama, een fris bed en de douche van een verkwikkende nachtrust.'
'Amen.'

Toen De Cock de volgende morgen fris en opgewekt de grote recherchekamer binnenstapte, trof hij Vledder achter zijn elektronische schrijfmachine.
De Cock smeet zijn hoedje missend naar de kapstok en liep met zijn regenjas nog aan naar hem toe.
'Vlijtig?'
Vledder liet zijn vingers rusten en schoof de schrijfmachine van zich af. Zijn gezicht stond ernstig.
'Ik heb die Jelle Poelstra nagetrokken.'
'En?'
'Hij heeft enige jaren geleden een fikse straf uitgezeten.'

'Terzake?'
'Verkrachting.'
De Cock trok zijn neus iets op.
'Verkrachting?'
Vledder knikte.
'Het slachtoffertje was een dertienjarig meisje. Hij heeft het kind meegenomen naar een oude loods en haar daar misbruikt.'
'Waar stond die loods?'
Vledder trok zijn schouders op.
'Meer bijzonderheden had het *Polblad* niet.'
De Cock knikte begrijpend.
'Laat Afra Molenkamp bij de zedenpolitie dat proces-verbaal opvragen.'
'Wat wil je daarmee?'
De Cock maakte een hulpeloos gebaar.
'Ik zoek naar verbanden,' riep hij vertwijfeld. 'Ergens loopt een rode draad naar moord. De vraag is: waar pik je die draad op.'
Vledder zuchtte.
'Ongetwijfeld kende Ferdinand de Graaf de reputatie van zijn vriend Jelle Poelstra. Misschien gaf hij hem wel de opdracht om zijn vrouw te verleiden en als dat niet lukte... haar te verkrachten. Het is een hersenspinsel, maar zo langzamerhand acht ik die De Graaf tot alles in staat.'
De Cock staarde voor zich uit.
'Als dat is gebeurd,' sprak hij traag, 'en Mathilde de Graaf kende de ware toedracht, dan...'
De grijze speurder stokte. Smalle Lowietje kwam drukdoenerig de grote recherchekamer binnen. Achter de tengere caféhouder volgde schoorvoetend een kleine, wat mollige vrouw met zwart vettig haar. De Cock schatte haar op achter in de dertig. Ze was slordig gekleed in een grijze mantel, waaraan de bovenste knoop ontbrak. Smalle Lowietje bleef bij het bureau van De Cock staan en wees naar de vrouw.
'Ze durfde niet te komen,' legde hij uit. 'Daarom ben ik maar even met haar meegegaan. Zij is de vrouw van Brammetje.'
De Cock keek hem niet-begrijpend aan.
'Wat is er met Brammetje?'
Smalle Lowietje antwoordde niet. Hij leidde de vrouw naar de stoel naast het bureau van De Cock.

'Ga hier maar zitten,' sprak hij geruststellend, 'en vertel wat er is gebeurd.'
De Cock boog zich iets naar haar toe.
'U bent mevrouw Van der Velde?'
De vrouw knikte.
'Annelies... Annelies van der Velde.'
Smalle Lowietje wenkte om aandacht.
'Kan ik weer gaan? Ik heb weinig tijd. Ik moet nog mastiek maken.'
De Cock wuifde hem de kamer af. Daarna wendde hij zich weer tot de vrouw.
'Wat is er met Brammetje?' vroeg hij vriendelijk.
Mevrouw Van der Velde verschoof iets op haar stoel.
'Gisteravond,' sprak ze nerveus, 'ging de telefoon. Bram zat voor de televisie naar zo'n soapverhaal te kijken en ik nam de hoorn op. Er meldde zich een vrouw... mevrouw De Graaf. Ze zei dat Brammetje onmiddellijk naar zijn loods in de Houthaven moest komen. Het was, zo zei ze, een zaak van leven of dood.'
'En?'
'Ik zei tegen haar: wacht even, ik zal Bram even roepen. Hij zit voor de buis.'
'Toen riep u Bram?'
Mevrouw Van der Velde knikte.
'Bram kwam overeind en liep naar de telefoon, maar toen hij de hoorn van mij overnam, had ze opgehangen.'
'Hoe reageerde Bram daarna?'
'Hij zei dat hij mevrouw De Graaf kende als de vrouw van zijn vroegere compagnon. Hij had haar wel eens ontmoet op een feestje.'
'En u?'
'Ik?'
De Cock knikte.
'Kent u mevrouw De Graaf?'
Mevrouw Van der Velde schudde haar hoofd.
'Ik heb het mens nog nooit gezien of gesproken.'
'Is Brammetje naar die afspraak gegaan?'
Mevrouw Van der Velde knikte.
'Brammetje zei: misschien kan ik haar ergens mee helpen. Dat mens zit misschien in de puree. Haar man is pas vermoord. Toen

heeft hij zich aangekleed, is op de gracht in zijn auto gestapt en is weggereden.'
'Wat heeft hij voor een auto?'
'Een groene Opel Kadett.'
De Cock keek haar onderzoekend aan.
'Hij is niet teruggekomen?'
De donkere ogen van mevrouw Van der Velde vulden zich met tranen.
'Bram is nog nooit een nacht van huis weggebleven. Het is een hartstikke trouwe hond. Dat meen ik. Met de zenuwen in mijn lijf ben ik vanmorgen naar Smalle Lowietje gegaan. Daar kwam Bram nog wel eens. Maar Lowietje zei dat hij gisteravond helemaal niet in de kroeg was geweest.'
Tranen rolden over haar wangen.
'Ik maak mij erg ongerust,' sprak ze snikkend. 'Er moet iets zijn gebeurd. Ik ken hem toch; Brammetje is geen man om vreemd te gaan. Ook Smalle Lowietje vertrouwt het niet. Je moet naar De Cock, zei hij... naar de recherche. Ik neem je wel mee.'
De Cock legde zijn rechterhand op haar arm. Zijn gezicht stond strak.
'Ga naar huis... of beter... ga naar het café van Smalle Lowietje... kan die even op je passen.'

Vledder geselde de Golf over de weg, negeerde op het Haarlemmerplein het rode licht, gierde langs het standbeeld van Domela Nieuwenhuis en stoof onder het viaduct door de drukke Spaarndammerstraat in.
De Cock blikte geschrokken opzij.
'Doe voorzichtig,' riep hij dwingend. 'Als er wat is gebeurd, zijn we toch te laat.'
Vledder scheen hem niet te horen. Met onverminderde snelheid raasde hij door de Spaarndammerstraat.
Op de Rigakade, schuin voor de oude legerloods, stond een knalgroene Opel Kadett met brandende koplampen.
Vledder stopte pal achter de wagen en de rechercheurs stapten uit.
De Opel Kadett was verlaten, de portieren waren niet afgesloten en de sleutels staken in het contact.
Bezield van angstige voorgevoelens stapte De Cock de oude gammele loods binnen. Vledder volgde. De scheefhangende houten

deur klapte achter hen dicht. Het was schemerig donker in de loods en het geurde er muf naar rottend hout. De Cock liet het licht van zijn zaklantaarn voor zich uit dansen. Instinctief wist de oude rechercheur waar hij zijn moest.

Achter in de loods, op resten van jutezakken, lag op zijn buik een korte, wat gedrongen man. Zijn benen waren iets gespreid. Zijn armen lagen langs zijn lichaam. Van de handen staken de vingers omhoog.

De Cock nam de situatie even in ogenschouw. Daarna hurkte hij bij de dode neer. Het licht van zijn zaklantaarn gleed over het achterhoofd van het slachtoffer. In de nek, even onder de haargrens, ontdekte hij een kleine ronde wond, omringd door een krans van kruitslijm.

De Cock legde zijn zaklantaarn naast het hoofd van de dode en tilde diens rechterschouder iets op. In het lichtschijnsel werd het gelaat van de man zichtbaar.

De Cock sloot even zijn ogen: Een golf van medelijden overspoelde hem.

Vledder boog diep over hem heen. De hete adem van de jonge rechercheur kriebelde in zijn nek.

'Brammetje,' hijgde hij.

De Cock knikte.

'Afgemaakt met een nekschot.'

Bram van Wielingen kwam gehaast de loods binnen. Hij zette zijn metalen koffertje naast het lijk en drukte de hem toegestoken hand van De Cock.

'Ben je je leven aan het beteren?'

'Hoezo?'

Bram van Wielingen grijnsde.

'Weer een lijk overdag in plaats van 's nachts. Ik weet niet wat mij overkomt.'

De Cock reageerde niet.

De fotograaf gebaarde naar de dode.

'Weet je al wie hij is?'

De Cock knikte traag.

'Abraham van der Velde.'

Bram van Wielingen glimlachte.

'Hij ziet er niet zo gesoigneerd uit als het vorige slachtoffer.'

De Cock trok achteloos zijn schouders op.
'Wellicht was hij eerlijker.'
'Wat deed hij?'
De Cock zuchtte diep.
'Hij leefde, dronk zo nu en dan een borreltje bij Smalle Lowietje, luchtte zijn hart en keek naar soap.'
De oude rechercheur keek naar de fotograaf op.
'Bedoel je dat?'
Bram van Wielingen negeerde de opmerking en blikte om zich heen.
'Is dit een executieplek geworden?'
De Cock volgde zijn blik door de loods.
'Daar lijkt het op,' reageerde hij kort.
De fotograaf monteerde een flitslamp op zijn Hasselblad.
'Bijzondere wensen?'
De Cock schudde zijn hoofd.
'Dezelfde procedure,' bromde hij. 'Dezelfde procedure als de vorige keer. En laat Ben Kreuger aanrukken. Ik wil dat die groene Opel Kadett voor de deur van de loods op dactyloscopische sporen wordt onderzocht.'
Het klonk wat bits.
Bram van Wielingen keek hem verwonderd aan.
'Wat ben je narrig?'
De Cock gebaarde met een somber gezicht naar de dode.
'Ze noemden hem Brammetje,' sprak hij gevoelig. 'En ik mocht hem wel. Ik vraag mij af waaraan hij zijn dood heeft verdiend.'
De oude rechercheur draaide zich om.
Dokter Den Koninghe kwam de loods binnen. Achter hem schuifelden twee broeders van de Geneeskundige Dienst. Een brancard tussen hen in.
De Cock schudde de excentrieke lijkschouwer de hand.
'Het spijt mij oprecht dat ik u weer moet lastigvallen.'
Dokter Den Koninghe keek door zijn brilletje naar hem op.
'Het is mijn vak.' Hij gebaarde naar de dode. 'En jij bent hier toch ook niet blij mee.'
'Integendeel.'
De oude lijkschouwer trok aan de vouw de pijpen van zijn pantalon iets omhoog en hurkte bij de dode neer. Bij het licht van de zaklantaarn van De Cock bezag hij de wond in de nek.
Na enkele minuten kwam de lijkschouwer omhoog. Zijn oude knie-

en kraakten. Met precieze bewegingen nam hij zijn bril af, pakte zijn witzijden pochet uit het borstzakje van zijn jacquet en poetste de glazen. De Cock kende de bewegingen en wachtte.
'Hij is dood,' sprak hij gelaten.
De oude rechercheur knikte met een strak gezicht.
'Dat begreep ik.'
Dokter Den Koninghe zette zijn brilletje weer op.
'Nog niet zo lang. Een paar uur. De lijkstijfheid is nog niet algemeen.'
De lijkschouwer wees naar de dode.
'Wordt dit een rage?'
'U bedoelt een nekschot?'
De dokter knikte met een stuurs gezicht.
'Het is zo... eh zo kil, zo professioneel. De moordenaar is beslist geen aardig mens.'
De Cock glimlachte.
'Zijn moordenaars wel eens aardig?'
Zonder te antwoorden liep de dokter bij hem weg. De Cock liep hem na en hield hem met een hand op zijn schouder staande.
'Hebt u een sterk reukvermogen?'
De lijkschouwer keek hem niet-begrijpend aan.
'Redelijk. Moet wel bij mijn vak.'
'Wat ruikt u hier in deze loods?'
Dokter Den Koninghe snoof.
'Rottend hout.'
De Cock trok een rimpel in zijn voorhoofd.
'Kan het waarnemen van een geur invloed hebben op het gedrag van mensen?'
De dokter knikte nadrukkelijk.
'Vooral bij mensen die leiden aan hyperosmie... en dat gekoppeld aan ervaringsfeiten...'
De Cock glimlachte.
'Ik ben een eenvoudige rechercheur,' onderbrak hij verontschuldigend. 'Wat is hyperosmie?'
Dokter Den Koninghe staarde even voor zich uit.
'Hyperosmie... een versterkte reukwaarneming. In tegenstelling tot hyposmie, dat hebben mensen met een verminderde reukwaarneming. Beide zijn in feite reukstoornissen.'
'En wat bedoelt u met "gekoppelde" ervaringsfeiten?'

Dokter Den Koninghe stak gebarend zijn rechterwijsvinger omhoog.
'Wanneer men een bepaalde geur waarneemt en men beleeft op datzelfde moment iets prettigs, dan zal die geur bij herkenning iemand aangenaam stemmen. Dat is dan de koppeling geur-en-beleving.'
De Cock knikte begrijpend.
'Kan dat ook omgekeerd?'
'Uiteraard. Geur kan ook gekoppeld zijn aan onaangename ervaringsfeiten.'
De Cock schonk de lijkschouwer een dankbare glimlach.
'Bedankt. Ik zal het nooit vergeten.'
Dokter Den Koninghe zwaaide tot afscheid.
De Cock wenkte de broeders nabij. Ze legden het lijk van Brammetje op zijn rug op het canvas, drapeerden een laken over hem heen, sloegen de canvas klappen terug en sjorden de riemen vast. Zachtjes wiegend droegen ze hem de loods uit.
De Cock keek hen na. De uitdrukking op zijn gezicht verhardde.
'Brammetje,' lispelde hij verbeten, 'ik zal jouw moordenaar vinden. Dat beloof ik.'

10

Het was De Cock zwaar gevallen om mevrouw Van der Velde duidelijk te maken dat haar man was vermoord. Al zijn ervaring en mensenkennis bleken ontoereikend. Mevrouw Van der Velde was en bleef ontroostbaar. In het schemerige etablissement van Smalle Lowietje had ze haar verdriet uitgeschreeuwd... luid en met een wilde passie.
Toen Smalle Lowietje diverse malen zonder enig resultaat had geprobeerd de hartstochtelijk krijsende vrouw tot bedaren te brengen, had de tengere caféhouder in machteloze woede de moordenaar van Brammetje vervloekt. Hartgrondig... in alle termen die hij met zijn opgekropt gemoed kon vinden. Het dramatische tafereel stond de oude rechercheur nog duidelijk voor ogen.
De Cock boog zich over de foto's die Bram van Wielingen van de plaats delict had gemaakt. Hij probeerde zich voor te stellen welke plaats de moordenaar had ingenomen toen hij de fatale kogels afvuurde. Vermoedelijk lagen de slachtoffers op dat moment al weerloos op hun buik voor hem. Er waren geen sporen van een worsteling vooraf. Was de moordenaar steeds alleen of had hij hulp?
Vledder vroeg vol ongeduld zijn aandacht.
'Wanneer gaan we haar arresteren?'
'Wie?'
De jonge rechercheur reageerde verrast.
'Mathilde de Graaf. Het is toch wel duidelijk dat zij Brammetje naar die oude loods in de Houthaven heeft gelokt. Zij moet een relatie hebben met de moordenaar. En misschien was ze het wel zelf.'
De Cock keek hem aan.
'Is dat zo?'
'Wat bedoel je?'
'Heeft zij Brammetje naar die oude loods gelokt?'
'De vrouw,' antwoordde Vledder schuchter, 'die Brammetje belde en sprak over een zaak van leven of dood, meldde zich als mevrouw De Graaf.'
'Maar voordat Brammetje de hoorn van zijn vrouw had overgenomen, had ze opgehangen.'

'Wat zegt dat?'
De Cock grijnsde.
'Dat zegt zoveel, dat de vrouw die belde, niet wilde dat Brammetje haar stem hoorde.'
'Dat begrijp ik niet.'
De Cock zuchtte.
'Ik heb van mevrouw Van der Velde begrepen,' legde hij geduldig uit, 'dat zij altijd de telefoon opnam als er werd gebeld. Brammetje was daar te lui voor. Hij kwam alleen aan het toestel als zijn vrouw hem zei dat er naar hem werd gevraagd.'
'Zoals gisteravond.'
De Cock knikte.
'Mevrouw Van der Velde had mevrouw De Graaf nooit gezien of gesproken. Zij kende haar stem niet. Maar Brammetje kende die stem wel. Hij had wel eens met haar gesproken op een feestje. En uit de tijd dat hij nog compagnon was van De Graaf, kende hij haar stem vermoedelijk ook via de telefoon.'
'Nu begrijp ik het,' sprak Vledder opgelucht. 'Brammetje mocht haar stem niet horen, omdat hij dan zou hebben gemerkt dat hij niet met de echte mevrouw De Graaf sprak.'
Het gezicht van De Cock verhardde tot een stalen masker.
'De vrouw,' sprak hij ernstig, 'die Brammetje naar zijn oude loods in de Houthaven lokte om hem te vermoorden, was niet Mathilde de Graaf, maar een vrouw die haar naam gebruikte.'
'Wie?'
'Als ik dat wist, konden we werkelijk tot een arrestatie overgaan.'
'Heb je geen enkel idee?'
De Cock schudde zijn hoofd.
'Ze was in ieder geval een vrouw die het karakter van Brammetje juist heeft ingeschat. Ik zou op zo'n vreemd telefoontje totaal anders hebben gereageerd. Maar Brammetje was blijmoediger van aard en vooral... argelozer.'
Vledder stak in wanhoop zijn armen omhoog.
'Waarom? Wat had Brammetje gedaan om een doodvonnis over hem uit te spreken?'
De Cock staarde voor zich uit.
'De moorden op Ferdinand de Graaf en Abraham van der Velde dragen dezelfde signatuur... zijn vrijwel zeker door één en dezelfde dader gepleegd. Het enige verband dat ik tussen de twee slacht-

offers zie, is hun compagnonschap in het verleden.'
Vledder sloeg met zijn vuist op de rand van zijn bureau.
'Er moet in het verleden,' riep hij geëmotioneerd, 'met die twee... of door die twee... iets zijn gebeurd, dat volgens een derde de dood van Ferdinand de Graaf en Abraham van der Velde rechtvaardigde.'
De Cock keek hem bewonderend aan.
'Goed geformuleerd. De vraag: wat was dat en wie kan ons over dat verleden iets vertellen?'

De donkere Annette van Heeteren droeg hetzelfde roodzijden mantelpakje als tijdens De Cocks eerste bezoek aan het kantoor van Ferdinand de Graaf. Met haar grote glanzende bruine ogen keek ze de rechercheurs geschrokken aan.
'Brammetje vermoord?' herhaalde ze.
De Cock knikte.
'Op exact dezelfde wijze als uw directeur.'
De secretaresse sloeg haar hand voor haar mond.
'Arme Brammetje... hij was zo levenslustig... zo zorgeloos.'
De Cock ging aan haar opmerking voorbij.
'Voor de moord op uw directeur, de heer De Graaf, zijn wel een paar min of meer steekhoudende motieven voorhanden. We hebben de indruk dat de heer De Graaf niet altijd even onberispelijk met mensen en relaties omsprong.'
De oude rechercheur pauzeerde even.
'Maar omdat,' ging hij rustig verder, 'de heer Ferdinand de Graaf en Brammetje op exact dezelfde wijze om het leven zijn gebracht, zoeken wij nu naar een motief dat voor beide heren geldt.'
Annette trok een bedenkelijk gezicht.
'In de zakelijke sfeer... in het licht van hun vroegere compagnonschap?'
'Mogelijk.'
Annette maakte een schouderbeweging.
'Hoe ver moet men teruggaan?'
De Cock strekte zijn arm naar haar uit.
'Tot zover uw herinnering reikt.'
De secretaresse schudde traag haar hoofd.
'Ik weet niets... niets dat naar mijn gevoel tot een moord kan leiden.'
'Hoe lang kent u de beide heren al?'

Annette verzonk even in gepeins.
'Ik kwam ongeveer twintig jaar geleden hier in dienst... als kantoorhulpje. Er moest een administratie worden opgezet en bijgehouden. De heer De Graaf was toen een beginnend koopman en Brammetje was zijn vriend en zijn vrolijke, olijke compagnon.'
Ze schudde afkeurend haar hoofd.
'In feite waren zij geen van beiden echt goede zakenlieden. Niet efficiënt, niet marktgericht. Er mankeerde van alles aan.'
De Cock knikte begrijpend.
'Hebben ze beiden wel eens transacties gedaan die het daglicht niet konden velen... transacties, die mensen hebben gedupeerd?'
'Niet dat ik weet.'
De Cock boog zich iets naar voren.
'En als er dergelijke transacties waren geweest, dan had u dat geweten?'
Annette knikte nadrukkelijk.
'Alles liep via mij. Ik heb een gedegen handelsopleiding genoten. Ik was hun vertrouwelinge, hun raadgeefster, hun financieel expert. Ze hadden zelf nergens enig begrip van.'
De Cock keek haar secondenlang aan.
'Toch bent u nooit verder gekomen dan... eh, dan secretaresse... een vrouw in loondienst. Heeft men u nooit een compagnonschap aangeboden?'
Het gezicht van Annette van Heeteren versomberde. Ze trok haar kin iets op. Rond haar mond plooide een harde trek.
'Ik had dat wel verdiend... dacht ik. Zonder mij was de zaak nooit van de grond gekomen. Ik heb ook wel eens een deelgenootschap bepleit, maar de aanspraken die ik meende te hebben, werden lachend weggehoond.'
'Ook door Brammetje?'
De secretaresse knikte traag.
'Ook door Brammetje.'
De Cock beluisterde de toon. Na een kleine weifeling pakte hij zijn hoedje van het tapijt.
'Denk nog eens goed na,' sprak hij vriendelijk. 'Misschien schiet u nog iets te binnen.'
Hij stond van zijn stoel op en slenterde naar de uitgang van het privé-kantoor.
Vledder volgde.

Bij de deur draaide De Cock zich om en liep langs Vledder heen naar haar terug.
'Kent u Jelle Poelstra?'
Er kwam een blos op het gezicht van Annette van Heeteren en haar lippen trilden.
'Als u de moordenaar van de heer De Graaf en Brammetje van der Velde zoekt...'
Ze maakte haar zin niet af.
De Cock keek haar strak aan.
'Jelle Poelstra?'
Annette van Heeteren knikte.
'Hij chanteerde hen.'

Half gebogen sjokten de rechercheurs tegen de stormwind in over het trottoir van de Herengracht in de richting van de Raadhuisstraat. Twee rondvaartboten van rederij Kooy passeerden elkaar kort voor de brug naar de Gasthuismolensteeg. Plotseling greep De Cock met z'n handen naar zijn oude hoedje. Een felle windstoot had zijn trouwe hoofddeksel bijna het troebele water in geblazen.
Foeterend op het weer en de maand november liep de oude rechercheur van de Raadhuisstraat via de Nieuwezijds Voorburgwal en de Mozes en Aäronstraat naar de Dam.
Vledder liep in gedachten verzonken naast hem.
'Is Jelle Poelstra een ideale moordenaar?' mompelde hij voor zich uit.
De Cock keek hem van terzijde aan.
'Wat zeg je?'
Vledder zuchtte.
'Ik vroeg mij af of Jelle Poelstra voor ons een ideale moordenaar is.'
De Cock schudde zijn hoofd.
'Chanteurs moorden niet. In het gunstigste geval worden zij vermoord.'
'Hoe bedoel je dat?'
De oude rechercheur glimlachte.
'Soms gaan chanteurs te ver en drijven hun slachtoffer tot een wanhoopsdaad... een wanhoopsdaad gericht tegen hun kwelgeest. Chanteurs houden zelf hun slachtoffers graag in leven. Terecht. Het is dom om een kip met gouden eieren te slachten.'

'Annette van Heeteren, die secretaresse, ziet in Jelle Poelstra wel een moordenaar.'
De Cock trok nog eens aan zijn hoedje.
'Het enige wat Annette van Heeteren weet, is dat zij uit naam van De Graaf en Brammetje maandelijks een bedrag aan geld aan Jelle Poelstra overmaakte. Op haar vraag waarvoor dat geld diende, heeft ze nooit een bevredigend antwoord gekregen. Voorzover haar bekend, leverde Jelle Poelstra nooit enige tegenprestatie.'
Vledder knikte begrijpend.
'Haar conclusie... chantage.'
De Cock plukte aan zijn onderlip.
'Als dat geld inderdaad een uitvloeisel van chantage was, dan luidt de vraag: waarmee werden de heren De Graaf en Van der Velde gechanteerd? Wat wist Jelle Poelstra van hen dat niet in de openbaarheid mocht komen? En hoe is dat te rijmen met de vreemde vriendschap tussen De Graaf en Poelstra?'
Vledder maakte een hulpeloos gebaar.
'Het is jammer,' verzuchtte hij, 'dat wij dat chantageverhaal nog niet kenden toen Jelle Poelstra bij ons op bezoek was.'
De Cock maakte een grimas.
'We kunnen hem alsnog ontbieden en hem om opheldering vragen. Maar misschien is het raadzamer om hem thuis eens op te zoeken. Heb je zijn adres?'
Vledder knikte.
'Sloterdijkstraat. Het nummer heb ik niet in mijn hoofd.'
Via het Damrak en de Oudebrugsteeg bereikten ze de Warmoesstraat. Toen ze de hal van het politiebureau binnenstapten, wenkte Jan Kusters De Cock met een kromme vinger.
De oude rechercheur liep naar de balie.
'Wat is er? Nieuwe ellende?'
De wachtcommandant keek hem bestraffend aan.
'Niet zo somber.'
Jan Kusters deed een lade van zijn bureau open en nam daaruit een doorschijnende plastic zak waarin een revolver en een aantal patronen waren verpakt.
'Dat is voor jou. Het wapen werd gebracht door een jongeman met een staartje in zijn nek. Je kent hem wel. Hij is hier wel eens meer geweest... Roger ter Beek. Hij zei dat jij op dat schietding zat te wachten.'

De Cock grinnikte.
'Roger ter Beek koos eieren voor zijn geld.'
Jan Kusters gniffelde.
'Over eieren gesproken... Roger ter Beek had een knappe jonge meid bij zich... een schoonheid met prachtig glanzend rood haar. Hij wees naar haar en lachte. Zeg maar tegen rechercheur De Cock dat tussen ons weer alles koek en ei is.'
De mond van de oude rechercheur viel half open.
'Lachte zij ook?'
De wachtcommandant knikte.
'Ze liepen stijfgearmd de deur uit.'
Het duurde vele seconden voordat De Cock zich volledig had hersteld. Hij pakte de plastic zak van Jan Kusters over en bekeek het wapen aandachtig. Het was een oude, maar nog gave legerrevolver, een Webley & Scott negen millimeter.
Met zijn hoofd iets scheef keek De Cock de wachtcommandant vragend aan.
'Heb je nog een mannetje bij de hand met een auto?'
'Waarvoor?'
'Deze revolver en patronen moeten zo gauw mogelijk naar het hoofdbureau, naar onze wapendeskundige. Het is voor mij belangrijk.'
Jan Kusters glimlachte.
'En dan geeft hij het af met de complimenten van De Cock?'
De oude rechercheur kneep zijn ogen even dicht.
'Dat heb je goed geraden.'

De rechercheurs liepen vanuit de hal de twee trappen op naar de grote recherchekamer. Zittend achter zijn bureau krabde Vledder op zijn voorhoofd.
'Ze is weer bij hem terug.'
In zijn stem trilde ongeloof.
'Je bedoelt Florentine?'
Vledder knikte.
'Terug bij het uilskuiken. Dat houd je toch niet voor mogelijk?'
Hij keek zijn oude collega vragend aan. 'Begrijp jij iets van vrouwen?'
De Cock schudde zijn hoofd.
'Ik heb het wel eens geprobeerd,' sprak hij triest, 'maar het is bij een

poging gebleven.'

Afra Molenkamp van de administratie kwam met een groene map onder haar arm de recherchekamer binnen. Ze legde de map voor De Cock neer.

'Dat is het proces-verbaal van de zedenpolitie waarnaar jij vroeg.'

De Cock keek de administratrice vriendelijk lachend aan.

'De enige vrouw van wie ik iets begrijp, is onze Afra Molenkamp. Een vrouw om op te bouwen.'

Blozend liep de administratrice de kamer af.

Vledder trok de map naar zich toe en begon te lezen.

De stof scheen hem te boeien. Het duurde geruime tijd voor hij opkeek.

'Weet je hoe oud die Jelle Poelstra was tijdens die verkrachting?'

'Geen flauw idee.'

Vledder tikte op de map.

'Zestien jaar.'

'Jong.'

Vledder knikte.

'Dat mag je wel zeggen. Jelle Poelstra was er al vroeg bij.'

'Is hij onmiddellijk na zijn daad gepakt?'

Vledder schudde zijn hoofd.

'Er is niet direct aangifte tegen hem gedaan. Dat gebeurde pas enige jaren later. Zijn slachtoffertje kreeg psychische klachten... werd onhandelbaar... had moeilijkheden op school... slecht leergedrag... werd midden in de nacht schreeuwend wakker. Haar ouders hebben toen de hulp ingeroepen van een psychiater. Tijdens zijn onderzoek kwam de herinnering aan die verkrachting los. De ouders van het meisjes hebben toen namens haar alsnog bij de zedenpolitie aangifte van verkrachting gedaan.'

De Cock knikte begrijpend.

'Hoe heette het meisje?'

'Edith Kuijters.'

'Bestond er verder enige relatie tussen Jelle Poelstra en het meisje?'

Vledder trok zijn schouders op.

'Dat ben ik nog niet tegengekomen.'

De Cock gebaarde voor zich uit.

'Lees dan verder.'

Het klonk wat kriegel.

Vledder boog zich weer voorover.
Na een minuut of tien schoof hij de groene map opzij.
'Het meisje, zo blijkt uit het proces-verbaal, kende hem wel. Oppervlakkig. Ze woonde bij hem in de buurt. Maar er was geen sprake van een relatie.'
De Cock kneep zijn ogen half dicht.
'Heeft Jelle Poelstra bekend?'
Vledder knikte.
'Vrijwel onmiddellijk nadat hij met de aangifte werd geconfronteerd. Maar zijn bekentenis is vrij summier, met weinig details.'
'Blijkbaar voldoende voor de rechter om hem terzake die verkrachting te veroordelen.'
'Precies.'
'En de loods... het meisje werd toch in een oude loods verkracht?'
'Die loods stond op het Prinseneiland.'
De Cock staarde enige ogenblikken voor zich uit. Toen stond hij op en sjokte naar de kapstok.
'Waar ga je heen?' vroeg Vledder.
De Cock draaide zich half om.
'Ik wil die loods zien. Kom mee.'

11

Ze reden met hun trouwe Golf vanaf de Nieuwe Teertuinen stapvoets over de smalle houten Sloterdijkbrug naar de Galgenstraat. Het begon al te schemeren en de straatverlichting floepte aan. Vledder schakelde van dim- op grootlicht. Aan het einde van de Galgenstraat gingen ze rechts het Prinseneiland op. Het was er stil. In het felle licht van de koplampen scharrelde langs de huizenkant een eenzame rat. Langzaam reden ze langs oude pakhuizen en schuttingen van kleine scheepswerven. Toen ze opnieuw aan het einde van de Galgenstraat waren gekomen, stopte Vledder.
'Heb jij een loods gezien?'
De Cock schudde zijn hoofd.
'We zijn geen loods tegengekomen... niets wat er op leek. Wat stond er nu precies in dat proces-verbaal van de Zedenpolitie?'
'Op het Prinseneiland in een oude loods van gegolfd plaatijzer.'
De Cock wees naar voren.
'We maken het rondje nog eens. Ergens moet hier op het Prinseneiland toch zo'n loods staan.'
Toen ze voor de tweede maal aan het einde van de Galgenstraat waren gekomen, stopte Vledder opnieuw.
'Geen loods van gegolfd plaatijzer.'
De Cock dacht even na.
'Heb je nu het nummer van de Sloterdijkstraat in je hoofd?'
'Je bedoelt het huis van Jelle Poelstra?'
'Dat bedoel ik.'
Vledder glimlachte.
'Dat heb ik vanmiddag nagekeken. Het is Sloterdijkstraat zevenendertig.'
De Cock wees naar de Galgenstraat.
'Als je terugrijdt over dat kippenbruggetje, rij je zo rechtdoor de Sloterdijkstraat in.'
Vledder keek hem met enige achterdocht aan.
'Wat wil je?'
De Cock trok een onnozel gezicht.
'Jelle Poelstra moet toch weten in welke loods hij dat kind verkrachtte.'

De Cock drukte op een koperen bouton, waaronder een kleine witte emailleplaat met 'J. Poelstra' in zwarte letters was aangebracht. Eerst na enkele minuten werd de deur langzaam geopend. In een gerafelde en verkleurde spijkerbroek met een groene wollen trui zag Jelle Poelstra er niet zo imposant uit.
Met zijn lichtgroene ogen blikte hij van De Cock naar Vledder en terug.
'Wat verschaft mij het genoegen van uw komst,' sprak hij verwonderd.
De Cock glimlachte.
'Als u ons toestaat om binnen te komen, zal ik het u vertellen.'
Jelle Poelstra deed een stap opzij.
'Loopt u maar door,' sprak hij gedienstig. 'De eerste deur links is mijn huiskamer.'
De Cock en Vledder stapten binnen en Jelle Poelstra deed de deur achter hen dicht.
In de huiskamer was het behaaglijk warm. Achter de verkleurde micaglaasjes van een oude kolenhaard gloeide een zacht vuur. Het vertrek was verder uiterst schaars gemeubileerd. Om een ronde tafel met een glazen plaat, stond een vaal gebloemd bankstel op een kale houten vloer. Aan een van de wanden hing een grote kalender met een prikkelend beeldschoon naakt. Verder waren er geen decoraties, schilderijen, platen of versieringen. De enige verlichting kwam van een gloeilamp, die aan de bedrading uit het plafond hing.
De Cock liet zich in een gebloemde fauteuil zakken, legde zijn hoedje naast zich op de houten vloer en keek demonstratief om zich heen.
'Geen vrouw?'
Jelle Poelstra schudde zijn hoofd.
'Vrouwen moeten mij niet,' sprak hij somber. 'Mijn aanpak is blijkbaar niet goed. Wat ik ook probeer... het wordt nooit wat.'
De Cock wachtte tot de man op de bank tegenover hem was gaan zitten, terwijl Vledder achter hem bleef staan.
'Woont u hier al lang?'
Jelle Poelstra grinnikte.
'Ik ben in dit huis geboren. Mijn broers zijn getrouwd, mijn ouders zitten in een verzorgingshuis. Ik ben hier alleen achtergebleven.'

De Cock sloeg zijn handen tegen elkaar.
'Het is... eh, het is nooit prettig om nare zaken uit het verleden op te rakelen,' opende hij voorzichtig. 'Ik probeer dat zoveel als doenlijk te vermijden. Maar we hebben in onze administratie ontdekt dat u een keer bent veroordeeld.'
Jelle Poelstra knikte.
'Klopt.'
'Waarvoor?'
'Verkrachting.'
De Cock hield zijn hoofd iets schuin.
'Verkeerde aanpak?'
Rond de mond van Jelle Poelstra dartelde een glimlach.
'Ik ben er voor gestraft.' Hij zweeg even en dacht na. 'En misschien geldt die straf nog. Ik heb het idee dat ik er nooit meer van los kom.'
De Cock liet de opmerking aan zich voorbijgaan.
'We hebben bij de zedenpolitie,' sprak hij vriendelijk, 'uw proces-verbaal van die verkrachting gelicht en daarin is onder meer sprake van een oude loods van gegolfd plaatijzer op het Prinseneiland. Wij hebben inzake ons onderzoek naar de moord op uw vriend Ferdinand de Graaf belangstelling voor die loods.'
In de lichtgroene ogen van Jelle Poelstra gloorde achterdocht.
'Waarom?'
'Dat is moeilijk uit te leggen,' sprak De Cock ontwijkend. 'We zijn tweemaal over het Prinseneiland gereden, maar we hebben die oude loods niet kunnen vinden.'
Jelle Poelstra schudde zijn hoofd.
'Die loods is er niet meer... gesloopt.'
De Cock gleed met zijn vingertoppen over zijn voorhoofd.
'Kunt u ons nog iets van die oude loods vertellen... waar stond die precies... bij wie was die loods in gebruik... hoe zag hij er van binnen uit?'
Jelle Poelstra plukte aan zijn scherpe neus.
'Hij stond,' sprak hij peinzend, 'net even over het kippenbruggetje, links, tegenover de teertonnen van Broms & Uijlenbroek. Die loods was leeg... werd niet gebruikt. Er stonden een paar lege houten vaten. Meer niet. Wij jongens speelden vaak in die loods. Het was er altijd schemerig en het rook er een beetje zurig, naar schimmel en verrot hout.'

'Vond u dat een prettige lucht?'
Jelle Poelstra trok zijn schouders op.
'Daar heb ik nooit over nagedacht,' sprak hij lacherig. 'Het had... eh, het had wel iets geheimzinnigs... die hele loods had iets geheimzinnigs. Het geluid was er anders dan buiten, er waren donkere hoeken en achter die houten vaten kon je je goed verschuilen.'
Hij leunde iets achterover.
'Het Prinseneiland,' ging hij verder, 'is niet meer het Prinseneiland van mijn jeugd. Vroeger was er handel en bedrijvigheid... zochten we in de pakhuizen naar cacaobonen. Nu zijn die prachtige pakhuizen opgedeeld in appartementen.'
De Cock knikte begrijpend.
'Het Amsterdam van nu is ook niet meer het Amsterdam van mijn jeugd.'
De oude rechercheur wuifde het onderwerp weg.
'Kent u de heer Abraham van der Velde?'
'Brammetje.'
De Cock knikte.
'Inderdaad... Brammetje. We hebben hem vanmorgen gevonden... in zijn oude loods aan de Houthaven... vermoord.'
De mond van Jelle gleed half open.
'Brammetje... vermoord?'
In zijn stem trilde ongeloof.
De Cock knikte.
'Afgemaakt met een nekschot. In dezelfde oude loods van gegolfd plaatijzer, waarin wij Ferdinand de Graaf levenloos aantroffen.'
Jelle schudde zijn hoofd.
'Brammetje... ouwe gabber,' sprak hij verdrietig, 'altijd vrolijk, opgewekt. Ik heb hem nog nooit een dag uit zijn humeur gezien.'
'Kende u Brammetje al lang?'
Jelle knikte.
'Brammetje woonde vroeger hier bij mij in de buurt... in de Eerste Breeuwersstraat. Later is zijn familie verhuisd naar de overkant van het IJ.'
De Cock keek hem strak aan.
'Waarmee chanteerde u Brammetje... uw ouwe gabber... en ook... uw goede vriend... Ferdinand de Graaf?'
Het klonk ongewild sarcastisch. De lichtgroene ogen van Jelle Poelstra flikkerden kwaadaardig.

'Wie zegt dat ik hen chanteerde?'
De Cock trok een grijns.
'Ze stuurden u maandelijks geld en u was niet bij hen in dienst.'
Jelle knikte nadrukkelijk.
'Ze stuurden mij geld... ja.'
'Waarom?'
De man klopte zich met zijn vuist op de borst.
'Om mij uit de puree te helpen.' Zijn stem trilde van pure verontwaardiging. 'Chanteren... hoe komen jullie er in godsnaam bij?'
'U zat in moeilijkheden?'
Jelle stoof van de bank op.
'Toen ik destijds uit de gevangenis kwam, kon ik nergens werk vinden. Ik heb mij het vuur uit de sloffen gelopen. Niemand wilde een verkrachter in dienst.'
De Cock gebaarde Jelle om weer te gaan zitten.
'Toen hebben Ferdinand de Graaf en Brammetje u spontaan financiële hulp geboden? Uit liefdadigheid?'
Jelle knikte heftig terwijl hij weer ging zitten.
'Uit liefdadigheid. Ze konden het missen.'
De Cock ging op een ander onderwerp over.
'Gaat u naar de begrafenis van Brammetje?'
'Absoluut.'
'Op de begrafenis van Ferdinand de Graaf heb ik u niet gezien.'
Jelle schudde zijn hoofd.
'Dat komt door zijn vrouw. Mathilde wilde niet dat iemand mij in haar nabijheid zag.' De Cock pakte zijn vilten hoedje van de houten vloer en kwam uit zijn fauteuil omhoog.
'U bent in korte tijd,' sprak hij plechtig, 'op een gewelddadige wijze twee vrienden kwijtgeraakt.'
Op het gezicht van Jelle Poelstra kwam een droevige trek.
'Brammetje was de tweede.'
De Cock boog zich iets naar hem toe.
'Weet u wie de derde is?'

Ze reden met hun Golf van de Nieuwe Teertuinen terug naar de Kit. Het was zachtjes gaan regenen. Vledder deed de ruitenwissers aan en De Cock liet zich wat onderuitzakken. Op het gezicht van de oude rechercheur lag een ontevreden trek.
'Het klopt voor geen meter,' sprak hij plotseling.

Het klonk als de conclusie van een denkoefening.
Vledder keek verrast opzij.
'Wat klopt niet.'
'Dat verhaal van Jelle Poelstra.'
'Wat is daar verkeerd aan?'
'Ik geloof niet,' sprak De Cock wrevelig, 'dat Ferdinand de Graaf en Brammetje hun gabber Jelle Poelstra blijmoedig financieel steunden. Ik ben een dergelijke daad van charitas in mijn lange praktijk als rechercheur nog nooit eerder tegengekomen.'
Vledder glimlachte.
'Het is toch mogelijk. De Graaf en Brammetje konden het geld missen en waarom zouden ze hun oude vriend niet helpen? En Jelle Poelstra is er in ieder geval niet rijk van geworden. Een blind paard kon bij hem thuis geen schade doen.'
De Cock zwaaide afwerend.
'Dat zegt niets. Dat kan camouflage zijn.'
'Waar is dat geld dan gebleven?'
De Cock grinnikte.
'Misschien heeft hij wel dure hobby's.'
'Zoals?'
'Vrouwen. Jelle Poelstra is geen charmeur... geen man die door zijn persoonlijkheid liefde en genegenheid verwerft.'
'Die moet hij kopen?'
De Cock knikte.
'Dat vermoed ik. Je moet morgen bij Annette van Heeteren, de secretaresse van het slachtoffer De Graaf, eens informeren hoe groot de bedragen waren die zij aan Jelle Poelstra overmaakte... wanneer die betalingen zijn gestart en hoe de betaling verliep nadat Brammetje het compagnonschap had verlaten.'
Vledder liet van emotie het stuur van de Golf even met beide handen los.
'Waarom zoveel belangstelling voor Jelle Poelstra?' riep hij geprikkeld. 'Misschien pleegde hij wel chantage. Maar wat doet dat er toe. Je hebt zelf gezegd dat een chanteur vrijwel nooit tot moord komt.'
De Cock drukte zich weer overeind.
'Van wanneer dateert die verkrachting?'
'Bijna vijfentwintig jaar geleden. Ga maar na. Jelle Poelstra was zestien.'

'Hoe heette dat slachtoffertje ook weer?'
'Edith Kuijters.'
'Die was toen dertien?'
Vledder knikte.
'Als ze nog leeft is ze nu achtendertig.'
De Cock beet peinzend op zijn onderlip.
'Heb je uit dat proces-verbaal van de zedenpolitie nog het adres in je hoofd waar die Edith Kuijters toen woonde?'
Vledder schudde zijn hoofd.
'Niet in mijn hoofd. Maar ik kan het zo nakijken in het proces-verbaal.'
De jonge rechercheur keek zijn oude collega van terzijde misprijzend aan.
'Je wilt die oude zaak van een kwart eeuw geleden toch niet weer gaan oprakelen?' riep hij ontstemd. 'Haar verkrachting zal voor die Edith Kuijters beslist een traumatische ervaring zijn geweest. Daar kun je haar toch niet meer mee lastigvallen? Misschien is ze nu wel gelukkig getrouwd... heeft ze lieve kinderen... dat alles kun je toch niet verstoren? En waarvoor? Wat dacht je er mee te bereiken?'
De Cock gaf geen antwoord. Hij keek Vledder vriendelijk glimlachend aan. Het emotionele betoog van zijn jonge collega bezorgde hem een warm gevoel, maar bracht geen verandering in de lijn van zijn gedachten.
Na een verder zwijgende rit, parkeerde Vledder licht morrend de Golf in de Warmoesstraat voor de ingang van het politiebureau.
De rechercheurs stapten uit en gingen het bureau binnen.
In de hal wenkte Jan Kusters De Cock naderbij.
De oude rechercheur liep op hem toe.
'Is de revolver met de munitie naar het hoofdbureau gebracht?'
De wachtcommandant boog zich naar hem toe.
'Ze zit boven,' sprak hij geheimzinnig.
'Wie?'
'Die mooie meid, die vanmiddag met Roger ter Beek dat wapen bracht.'
De Cock trok een bedenkelijk gezicht.
'Wat moet ze?'
'Ze wil jou spreken.'
'Heeft ze gezegd waarover?'

Jan Kusters schudde zijn hoofd.
'Ik heb er ook niet naar gevraagd.'
De Cock draaide zich om en besteeg de stenen trappen naar de tweede etage. Vledder volgde met lichte tred.
Op de bank bij de deur van de grote recherchekamer zat Florentine de Graaf. Ze kwam meteen overeind toen ze De Cock in het oog kreeg.
'Mag ik nog even met u babbelen? Ik zal het niet lang maken.'
De oude rechercheur ging haar voor de recherchekamer in, slingerde zijn hoedje missend naar de kapstok en liet Florentine naast zijn bureau plaatsnemen.
'Steek van wal.'
Het klonk niet vriendelijk.
Florentine de Graaf keek hem hoofdschuddend aan.
'Het is geen koek en ei met Roger. Daar begin ik niet meer aan.'
Met zijn regenjas nog dichtgeknoopt, liet De Cock zich achter zijn bureau zakken.
'Jullie liepen lachend en stijfgearmd weg.'
Florentine maakte een hulpeloos gebaar.
'Moeder had met u gesproken over de revolver, die Roger ter Beek mij in mijn handen duwde toen ik destijds eens pisnijdig op mijn vader was. Moeder en ik vroegen ons af of Roger misschien uit wraak vader had vermoord en die revolver had gebruikt.'
'En?'
'Ik ben naar Roger gestapt en heb hem gevraagd of ik die revolver nog eens mocht zien.'
'Dat mocht?'
Florentine knikte.
'Roger zei dat hij die revolver bij u moest inleveren. Ik ben toen met hem meegegaan naar het politiebureau om te zien of hij dat ook werkelijk deed.'
Ze keek naar De Cock op.
'Is die revolver gebruikt?'
'Dat is nog in onderzoek.'
'Hoor ik van u als hij is gebruikt?'
De Cock knikte traag.
'Dat hoor je van mij.'
Florentine schonk hem een zoete glimlach.
'Ik deed het alleen maar om u te helpen.'

De Cock tuitte zijn lippen.
'Dat is lief. Heb je verder nog iets?'
Het gezicht van Florentine versomberde.
'Moeder is bang.'
'Voor wie... voor wat?'
Florentine zuchtte.
'Vanmiddag ging ze naar het kantoor van vader om iets met zijn secretaresse te bespreken. Ze trof juffrouw Van Heeteren in het privé-kantoor van mijn vader knuffelend met een vreemde man.'
'Een vreemde man?'
Florentine knikte.
'De secretaresse was woedend, omdat moeder ongevraagd en onaangekondigd was binnengestapt. Ze eiste meteen een aanstelling als directrice. Die vreemde man zou haar daarin juridisch bijstaan.'
De Cock fronste zijn wenkbrauwen.
'Weet je inmiddels de naam van die vreemde man?'
Florentine knikte.
'Meester Martin van Heerlen.'

12

Met een ontevreden trek op zijn gezicht kwam Vledder de grote recherchekamer binnen en liet zich in de stoel achter zijn bureau zakken.
De Cock keek hem onderzoekend aan.
'Problemen?'
'Files... eindeloze files,' bromde Vledder geërgerd. 'Voor je vanaf Westgaarde de Warmoesstraat hebt bereikt, ben je bijna twee uur kwijt. Ze kunnen ons rechercheurs beter een bromfiets geven.'
De Cock keek hem misprijzend aan.
'Ik stap niet op zo'n ding. Voor geen goud.'
Vledder gniffelde.
'Ik zie je al met een helm op.'
De Cock liet het onderwerp rusten.
'Hoe was de sectie?'
'Tijdverspilling. Ik had ook thuis kunnen blijven. Ik kende het resultaat al. Een nekschot is een nekschot... alleen het lijk is anders.'
De Cock schudde afkeurend zijn hoofd.
'Je bent er niet alleen voor het resultaat.'
'Waar dan voor?'
De Cock stak zijn wijsvingers omhoog.
'Formeel,' legde hij uit, 'hebben wij het lijk van Abraham van der Velde na de moord in beslag genomen. Na die inbeslagneming hebben we dat lijk in ons beheer. Voor het doen van een gerechtelijke sectie dragen wij het lijk over aan de patholoog-anatoom. Na de sectie krijgen wij weer de beschikking over het stoffelijk overschot. Dat is de procedure. Je kunt dus nooit wegblijven, want dan gaat de sectie niet door.'
'Onzin.'
De Cock keek hem bestraffend aan.
'Geen onzin. De rechter moet later de zekerheid hebben dat het sectierapport van dokter Rusteloos inderdaad betrekking heeft op het lijk van Brammetje... en niet op het stoffelijk overschot van iemand anders. Voor die zekerheid ben jij verantwoordelijk.'
'Zo heb ik het nooit gezien,' sprak Vledder verlegen. 'Ik heb altijd alleen maar gelet op het resultaat. De rest vond ik niet belangrijk.'

De Cock glimlachte.
'Vroeger hadden we zelfs wit lijkenlint. Dan gingen we met lint, kaars en kandelaar, lucifers, karton, een pijp rode lak en een koperen politie-lakstempel op pad om rond de linkerpols van het slachtoffer een daad verzegeling en inbeslagneming te doen.'
Vledder lachte.
'Wat een gedoe. Ik ben blij dat al die poespas is verdwenen. Ik heb dit keer wel aan de assistent van dokter Rusteloos gevraagd om Brammetje zo gaaf mogelijk af te leveren.'
'Waarom?'
'De vrouw van Brammetje wil per se dat hij van huis uit begraven wordt.'
'Een bijzondere reden?'
'Emotioneel. Ze wil hem nog even dicht bij haar hebben.'
'Wanneer is de begrafenis?'
'Morgenochtend om elf uur. Op Zorgvlied.'
De Cock strekte zijn arm naar zijn jonge collega uit.
'Doe morgen een net pak aan,' sprak hij beslist. 'We gaan er samen heen.'
Vledder trok een beteuterd gezicht.
'Je weet dat ik niet graag naar...'
De Cock wuifde zijn bezwaren resoluut weg.
'Een net pak,' riep hij beslist. 'De dood verdient eerbied.'
De oude rechercheur kwam uit zijn stoel omhoog en beende naar de kapstok.
Vledder liep hem na.
'Waar gaan we heen?'
'Naar de Houtmankade.'
'Wat is daar?'
De Cock draaide zich half om.
'Toen jij naar de sectie was, heb ik wat navraag gedaan. Edith Kuijters, het slachtoffertje van Jelle Poelstra, woont al meer dan tien jaar in een rijtjeshuis in Almere-Stad. Zoals jij al veronderstelde, is zij gelukkig getrouwd en heeft zij twee kinderen... een jongen van zestien en een meisje van veertien jaar.'
Vledder keek hem verwonderd aan.
'Wat moeten wij dan op de Houtmankade?'
De Cock wurmde zich in zijn regenjas.
'Daar woonde Edith Kuijters ten tijde van haar verkrachting...

gelijkstraats, op nummer driehonderdzeventien. Haar ouders wonen daar nog.'
'En daar wil je heen?'
De Cock knikte.
'Ik wil weten wat zij zich nog herinneren.'
Vledder maakte een wrevelig gebaar.
'Wat wil je toch met die oude verkrachtingszaak?' riep hij opgewonden. 'We zijn bezig met een onderzoek naar twee moorden... recent gepleegd.'
De Cock zette zijn hoedje op. Vrolijk grijnzend keek hij zijn jonge collega aan.
'Je hebt gelijk... recent gepleegd.'

Ze had zilverwit haar, een rond gezicht met roodgeaderde wangetjes. Een paar zachtblauwe ogen lagen daar diep verzonken boven. Om haar mond was een krans van kleine lieve rimpeltjes. Ze leunde tegen de deur, waarvan ze de kruk in haar hand hield.
De Cock schonk haar zijn beminnelijkste glimlach.
'U bent mevrouw Kuijters?' vroeg hij vriendelijk.
In haar blauwe ogen gleed enige argwaan.
'Dat ben ik... mevrouw Kuijters.'
De Cock lichtte beleefd zijn hoedje.
'Mijn naam is De Cock met... eh, met ceeooceeka.' Hij duimde over zijn schouder. 'Dat is mijn collega Vledder. Wij zijn rechercheurs, verbonden aan het politiebureau in de Warmoesstraat.'
'Recherche?'
De Cock knikte instemmend.
'Is uw man ook thuis?'
Mevrouw Kuijters maakte een hoofdbeweging.
'Die zit binnen aan de thee.'
'Wij wilden even met u beiden praten.'
De argwaan in haar ogen maakte plaats voor angst.
'Is er iets met Edith... met de kinderen?'
De Cock schudde zijn hoofd.
'Maakt u zich geen zorgen,' sprak hij geruststellend. 'Als ik een droevig bericht kwam brengen, stond mijn gezicht in een andere plooi.'
Schuin achter de vrouw verscheen het hoofd van een oude grijze man.

'Wat is er, Marie?' vroeg hij nieuwsgierig.
Mevrouw Kuijters draaide zich om.
'Die twee hier zijn van de recherche.'
De man monsterde het gezicht van De Cock. Zijn snelle betrouwbaarheidsanalyse was blijkbaar gunstig.
'Laat ze d'r in,' sprak hij kort.
Het klonk als een bevel.
Mevrouw Kuijters schuifelde bedrijvig opzij en de rechercheurs liepen langs haar heen naar binnen.
Heer Kuijters ging hen voor.
De kleine huiskamer was gezellig ingericht. Knus, met een bescheiden bankstel, veel tierelantijntjes en fraai ogende planten op sierlijke kleine tafels. Op de schoorsteenmantel stonden lijstjes met foto's van lachende kinderen.
Bij mevrouw Kuijters was de angst verdwenen.
'Believen de heren thee?'
De Cock liet zich in een fauteuil zakken en legde zijn hoedje naast zich op het tapijt.
'Graag,' riep hij gretig, 'met een klein schepje suiker en een scheutje melk.'
Vledder schudde zijn hoofd.
'Dank u.'
Toen de thee was geserveerd en het echtpaar Kuijters tegenover hem op de bank zat, vouwde De Cock zijn handen.
'Mijn collega en ik,' begon hij zijn uitleg, 'zijn bezig met de behandeling van twee moorden.' Hij schonk hen een brede glimlach.
'Daar hebt u beiden uiteraard niets mee te maken.'
De oude rechercheur pauzeerde even.
'Tijdens ons onderzoek kwam bij ons plotseling een man in beeld, genaamd Jelle Poelstra.'
De heer Kuijters kwam iets omhoog.
'De verkrachter van onze dochter.'
De Cock knikte.
'We hebben het proces-verbaal opgevraagd. Het is lang geleden... zo'n vijfentwintig jaar, en de heer Jelle Poelstra is voor die verkrachting gestraft. Die zaak is... juridisch gezien... afgedaan. Wij wilden uw dochter Edith met dat verleden niet lastigvallen. Wij hielden rekening met de mogelijkheid dat bij haar... emotioneel... de zaak nog niet geheel was verwerkt.'

Mevrouw Kuijters schudde haar hoofd.
'Edith heeft er gelukkig geen last meer van. In het begin... tijdens haar schooltijd... hebben we wat moeilijkheden met haar gehad. Leerproblemen... onhandelbaar gedrag.'
De Cock knikte begrijpend.
'Hoe oud was Edith toen ze met het verhaal over haar verkrachting kwam?'
'Achttien.'
'Vijf jaar later.'
Mevrouw Kuijters knikte.
'We zijn erg geschrokken toen haar psychiater het ons vertelde. Mijn man heeft toen ook onmiddellijk aangifte bij de zedenpolitie gedaan.'
'Hoe is het nu met Edith?'
Mevrouw Kuijters glimlachte.
'Het is over en voorbij. Ze is met een schat van een man getrouwd.'
De heer Kuijters knikte bevestigend.
'Henk is een beste jongen. Daar hebben we het mee getroffen. Het gaat heel goed met Edith.'
In zijn ogen kwam een twinkeling.
'En wij zijn ook gek met onze kleinkinderen. Vooral die meid is om te zoenen.'
De Cock wreef met zijn vlakke hand over zijn breed gezicht. Het was een gebaar met het doel om een andere wending aan het gesprek te geven.
'Ik... eh, ik neem aan,' sprak hij ernstig, 'dat u destijds uitgebreid met Edith over haar verkrachting heeft gesproken.'
De heer Kuijters knikte heftig.
'Edith heeft ons later het hele verhaal verteld... meerdere malen zelfs... voorzover ze zich dat kon herinneren.'
De Cock fronste zijn wenkbrauwen.
'Was er iets wat ze zich niet kon herinneren?' vroeg hij belangstellend.
De heer Kuijters kneep even zijn beide ogen dicht.
'Edith,' sprak hij met trillende stem, 'Edith is, nadat die Jelle Poelstra haar had overmeesterd, vermoedelijk uit angst en emotie bewusteloos geraakt.'
'Heeft dat lang geduurd?'

Heer Kuijters trok zijn schouders op.
'Dat weten we niet. Toen ze weer bijkwam was er niemand meer in die oude loods.'
De Cock schoof naar het puntje van zijn fauteuil.
'Waren er... voordat ze werd verkracht... nog anderen in de loods?'
De heer Kuijters trok een pijnlijk gezicht.
'Dat weet ze niet meer. Het enige wat ze wist... wat ze zich nog helder voor de geest kon halen... was, dat die Jelle Poelstra haar worstelend op haar rug had gelegd, haar directoire had uitgetrokken en...'
De oude man stokte.
'Hij heeft ook bekend.'
De Cock knikte traag voor zich uit.
'Dat weet ik... hij heeft bekend.'
De heer Kuijters keek hem vragend aan.
'Is hij weer bezig geweest?'
'U bedoelt Poelstra?'
De heer Kuijters knikte.
'Het heeft hem maar vier jaar van zijn leven gekost. Verkrachters moesten ze levenslang geven. Ze vervallen toch weer in hun oude zonden.'
De Cock reageerde niet. Hij pakte zijn hoedje van het tapijt en stond op.
'Ik ben blij dat u ons heeft willen ontvangen. Zeg maar niets tegen Edith van ons bezoek. Het is nooit te voorspellen hoe dat uitpakt.'
Mevrouw Kuijters keek naar haar man en schudde haar hoofd.
'Dat doen we niet, hè, Karel? We praten er al jaren niet meer over.'
In een vertederend gebaar legde de heer Kuijters zijn arm om de schouders van zijn vrouw. Met een ernstig gezicht keek hij naar de oude speurder op.
'Het blijft een geheim tussen u en ons.'

Ze reden met hun Golf van de Houtmankade weg. De Cock keek glimlachend voor zich uit.
'Lieve mensen.'
Vledder blikte opzij.
'Ben jij door hun verhaal wat wijzer geworden?'
De Cock knikte.

'Dat denk ik.'
Vledder schudde zijn hoofd.
'Ik niet,' riep hij opstandig. 'Ik begrijp nog steeds niet waarom jij zo'n interesse toont in die oude verkrachtingszaak!'
De Cock keek hem verwonderd aan.
'Je hebt het toch van haar ouders gehoord... Edith Kuijters is... nadat ze door Jelle Poelstra werd overweldigd... enige tijd buiten bewustzijn geweest.'
'En?' reageerde Vledder wrevelig.
'De mogelijkheid bestaat,' verzuchtte De Cock, 'dat bij de verkrachting van Edith Kuijters meerdere personen waren betrokken.'
Vledder gebaarde heftig.
'Wat maakt dat uit? Als ook anderen aan de verkrachting van Edith hebben deelgenomen, dan zijn hun daden al hoog en breed verjaard.'
De Cock knikte gelaten.
'Voor de wet.'
Vledder fronste zijn wenkbrauwen.
'Voor wie dan niet?'
De Cock trok zijn gezicht strak.
'Voor de moordenaar.'

Vledder parkeerde de Golf op de steiger. Ze stapten uit en liepen naast elkaar de steiger af. De Cock keek opzij.
'Ik ga even met je mee naar het kantoor van De Graaf.'
Vledder reageerde verwonderd.
'Kan dat niet telefonisch? De secretaresse kan vermoedelijk zo in haar boeken nakijken hoeveel geld zij maandelijks aan Jelle Poelstra overmaakte en wanneer die betalingen zijn gestart.'
De Cock schudde zijn hoofd.
'Ik wil de boekingsafschriften.'
Vledder grinnikte.
'Wat moet je daarmee? Bewijzen dat Jelle Poelstra chantage pleegde? Wat wil je met dat bewijs? Ferdinand de Graaf en Brammetje zijn dood. Zij kunnen geen van beiden meer aangifte doen.'
De Cock bleef even staan.
'Is dat niet opmerkelijk?'

Annette van Heeteren leidde de rechercheurs met zichtbaar ongenoegen het privé-kantoor binnen. In haar donkere ogen gloorde achterdocht.
'Wat wilt u nog? Ik heb alles al verteld.'
De Cock plukte aan het puntje van zijn neus.
'Uw aspiraties om hier directrice te worden hebben duidelijke vormen aangenomen.'
Annette van Heeteren reageerde kribbig.
'Heeft ze zich beklaagd?'
'Wie?'
'Mevrouw De Graaf?'
De Cock schudde zijn hoofd.
'Haar dochter Florentine vertelde mij dat haar moeder u gisteren hier in deze ruimte knuffelend aantrof met een vreemde heer.'
De ogen van Annette van Heeteren schitterden van verontwaardiging.
'Knuffelen... mevrouw De Graaf weet blijkbaar niet wat knuffelen is. Vermoedelijk heeft ze in haar hele leven nog nooit ge-knuffeld.'
De Cock lachte om haar reactie.
'U heeft een advocaat in de arm genomen?'
Annette van Heeteren knikte.
'Nu de heer De Graaf dood is, ben ik in feite de spil van deze onderneming. Ik ken de gang van zaken, de verbindingen, de relaties. Ik heb op basis van het verleden recht om hier directrice te worden. Ik vertik het om mijn wetenschap en kennis over te dragen aan een of andere heer, met wie mevrouw De Graaf iets leuks heeft... om daarna als onbruikbaar de laan uit gestuurd te worden.'
De Cock knikte begrijpend.
'Het is uw goed recht,' sprak hij vriendelijk, 'om voor uw belangen op te komen. Maar u zal toch een regeling moeten treffen met mevrouw De Graaf. Zij was in gemeenschap van goederen getrouwd.'
De oude rechercheur glimlachte.
'Meester Van Heerlen is een bekwaam raadsman.'
Annette kneep haar lippen opeen.
'Met-wie-ik-niet-knuffel.'
De Cock wuifde het onderwerp weg.

'Wij willen graag afschriften van de geldstortingen aan Jelle Poelstra.'
Annette liet haar hoofd iets zakken.
'Die heb ik niet meer.'
De Cock keek haar verbijsterd aan.
'Die hebt u niet meer?'
In zijn stem trilde ongeloof.
De secretaresse schudde haar hoofd.
'Ik heb ze vernietigd.'
'Vernietigd?'
'Ja.'
'Wanneer?'
'Vanmorgen, in de papiermachine.'
'Waarom?'
Het gezicht van Annette versomberde. Haar lippen trilden.
'Gisteravond even voor vijven stormde hij hier binnen.'
'Wie?'
'Jelle Poelstra. Hij eiste van mij dat ik de afschriften vernietigde... onmiddellijk... anders wachtte mij hetzelfde lot als Brammetje en De Graaf.'

13

De Cock keek zijn jonge collega monsterend aan.
'Ik heb je nog nooit zo gezien,' sprak hij bewonderend. 'Je ziet er fantastisch uit in een net kostuum. Bijna een heer.'
Vledder streek met zijn handen over de revers van zijn glanzend colbert.
'Ik voel mij in zo'n kostuum helemaal niet op mijn gemak,' bromde hij. 'Het is net alsof ik in een soort dwangbuis zit.'
De Cock lachte.
'Het staat je goed.'
Vledder ging wat onwennig zitten en schoof een lade van zijn bureau open.
'Ik heb vanmorgen het rapport ontvangen van onze wapendeskundige.'
'En?'
Vledder schudde zijn hoofd.
'Volgens het rapport is met die oude Webley & Scott legerrevolver in geen jaren een kogel afgevuurd. Dat maakte hij op uit de roestplekken in de loop. Voor alle zekerheid heeft onze wapendeskundige er toch schietproeven mee genomen. Eindconclusie van het rapport: de kogel die dokter Rusteloos uit de hersenpan van Ferdinand de Graaf plukte, komt beslist niet uit de aangeboden revolver.'
'En de kogel uit het hoofd van Brammetje?'
Vledder gebaarde naar het rapport.
'Een vergelijkend onderzoek met de kogel uit het hoofd van Brammetje was volgens de wapendeskundige niet nodig. Die kogel is namelijk identiek aan de kogel uit het hoofd van Ferdinand de Graaf. Beiden zijn met hetzelfde wapen vermoord.'
'En dat wapen is duidelijk niet de oude Webley & Scott revolver van Roger ter Beek.'
Vledder schudde zijn hoofd.
'Het lijkt er niet op.'
De Cock maakte een berustend gebaar.
'Ik had er ook geen hoge verwachtingen van,' sprak hij achteloos. 'Voor Roger ter Beek gelden mijns inziens geen redelijke motieven voor moord.'
'Ga je nog iets tegen hem ondernemen?'

De Cock duwde rimpels in zijn voorhoofd.
'Je bedoelt strafrechtelijk?'
'Verboden wapenbezit?'
De Cock schudde zijn hoofd.
'Dat lijkt mij niet fair.'
'Hoe wil jij dan dat wapen verantwoorden?'
De Cock grijnsde.
'Daar heb ik geen moeite mee. Dat deponeren wij gewoon als gevonden voorwerp.'

Vledder parkeerde de Golf bij de poort van de begraafplaats Zorgvlied en de beide rechercheurs stapten uit. De Cock blikte om zich heen en huiverde. Het leek of de natuur voor de begrafenis van Abraham van der Velde, het tweede slachtoffer van een maniakale moordenaar, een identiek decor had bedacht.
Een schrale, ijzig koude poolwind toverde schuimkoppen op de golven van de Amstel, joeg onbelemmerd door kale bomen en verschrompelde het eeuwige groen van de hoge statige coniferenhaag aan de poort.
Rillend, iets gebogen, slofte de oude rechercheur over het brede toegangspad. Het grove grind knerpte onder zijn voeten. De geschiedenis herhaalde zich, hij verwenste opnieuw de maand november en verlangde in het diepst van zijn hart vurig naar een milde december met pepernoten, speculaas en voorverwarmde kerstkransen.
'Welke smoezen jij in de toekomst ook bedenkt,' riep Vledder morrend boven de joelende wind uit, 'dit is beslist de laatste keer dat ik met jou meega naar een begrafenis.'
De Cock keek geamuseerd naar hem op.
'Dat heb ik eerder van je gehoord. Ik zie nu dat je een nette jas draagt. Prachtig. Een compleet andere Vledder.'
De jonge rechercheur bromde.
'Jij mag ook wel eens naar een andere regenjas uitzien. In dit vette ding kunnen ze je uittekenen.'
De Cock liet de kritiek op zijn kleding in de wind verwaaien. Bij de aula ging de oude rechercheur uit de wind onder een afdakje tussen andere belangstellenden staan. Het gaf wat warmte.
Een brede glanzende lijkwagen kroop over het grind van het toegangspad naderbij. Op enige afstand stopten de volgwagens. De

deuren van de aula gleden open en de met bloemen bedekte baar werd uit de wagen getild.

De Cock kwam uit de luwte van het afdakje vandaan. Met ontbloot hoofd, zijn hoedje in zijn hand, keek hij toe en hoopte opnieuw dat zijn grote oorschelpen het in de koude wind niet zouden begeven. Toen eenieder door de aula was opgeslokt, stapte hij na Vledder als laatste naar binnen. De rechercheurs schoven naar de achterwand. Met hun rug tegen de eikenhouten lambrizering, keken ze naar een deftig in het zwart geklede heer, die achter een kathedertje plaatsnam. De statige heer rangschikte een paar papieren en bracht zijn handen in een theatraal gebaar schuin naar voren.

'*God*,' sprak hij met enige stemverheffing, '*schenke u Zijn zegen en geve u vrede. Amen.*' Hij liet zijn armen zakken en ging rustiger verder. '*Ziende op de Heer, die gesproken heeft: Ik ben de opstanding en het leven, die in mij gelooft zal leven; ook al is hij gestorven en een ieder...*'

Vledder stootte De Cock aan.

'Hebben die luitjes in het zwart nooit een andere tekst?' vroeg hij gemelijk. 'Ik heb dit nu al een paar maal gehoord.'

De oude rechercheur reageerde niet. Zijn scherpe blik gleed over de ruggen van de aanwezigen.

Vooraan in het midden zat de vrouw van Abraham van der Velde. Naast haar ontdekte De Cock zijn vriend Smalle Lowietje, bijna onherkenbaar in een stemmig zwart kostuum.

Op de tweede rij zat Mathilde de Graaf naast Michel van Amerongen en haar dochter Florentine. Verderop herkende hij mensen uit de klantenkring van Smalle Lowietje.

De oude rechercheur voelde zich onrustig. Hij blikte schichtig opzij.

'Ik mis iemand,' fluisterde hij gehaast.

'Wie?'

'Jelle Poelstra... hij zou komen. Dat heeft hij uitdrukkelijk gezegd.'

Vledder maakte een schouderbeweging.

'Misschien is hij verhinderd.'

'Hoe?'

'Wat bedoel je?'

'Op welke manier is hij verhinderd?'

Vledder maakte een hulpeloos gebaar.

'Wat maakt dat uit?'
De Cock liet zijn blik door de aula dwalen. De zalvende woorden van de man achter de katheder bereikten hem niet meer. Hij zocht naar een uitweg.
Links van hem, op enige meters afstand, ontdekte hij een deur, waarboven een kleine lichtbak met in rood het woord EXIT.
Hij gaf Vledder een wenk en schuifelde van hem weg. Toen hij de deur had bereikt, tastte hij naar de kruk en drukte hem voorzichtig open. Via de deur bereikte hij een gang met een granieten vloer. Hij wachtte even tot ook Vledder de aula had verlaten. Toen draafde hij naar buiten.
Vledder liep hem na.
'Wat ben je aan het doen?' riep hij kwaad. 'Je kunt toch niet zomaar een uitvaartdienst verstoren?'
De Cock trok zijn gezicht in een ernstige plooi.
'Brammetje komt ook zonder mij wel in de hemel.'
Hij wees voor zich uit.
'Naar de Sloterdijkstraat.'

De Cock drukte voor de tweede maal op de koperen bouton. Eerst nu zag hij dat van de wit emaille naamplaat een schilfertje was weggesprongen.
Ook op het tweede bellen werd niet gereageerd. De Cock tastte in zijn broekzak naar het apparaatje dat hij eens, lang geleden, van zijn vriend en ex-inbreker Handige Henkie had gekregen... een koperen houdertje met daarin een keur van stalen sleutelbaarden. Met kennersblik zocht hij de juiste sleutelbaard en in luttele seconden had hij de deur ontsloten.
De oude rechercheur bukte naar de kranten op de deurmat.
Hij reikte ze Vledder aan.
'Van vandaag en gisteren,' sprak hij loom. 'Ga eens informeren bij de buren of die iets weten... wanneer Jelle Poelstra voor het laatst werd gezien... of hij wellicht bezoek heeft ontvangen... of hij een auto bezit... kleur, merk en misschien weet iemand het kenteken... waar hij dat ding in de buurt gewoonlijk parkeert. Ik zoek hier wel verder.'
Vledder verdween met de kranten onder zijn arm.
De Cock ging verder speurend de kleine woning door. Er was niets wat hem alarmeerde. Geen sporen van geweld of een worsteling.

Dat verwachtte hij ook niet. Het bed was keurig opgemaakt en in de keuken stond een halve fles zure melk.
Vledder kwam de woning binnen.
'De buurvrouw boven mist hem al sinds gisteren. Ze kookt nog wel eens wat voor hem, maar ook gisteren was hij de hele dag niet thuis. Jelle Poelstra heeft volgens haar een kleine helgeel gespoten Fiat vijfhonderd. Het kenteken weet ze niet. Gewoonlijk staat dat wagentje om de hoek in de Planciusstraat.'
De Cock wees naar buiten.
'Ga eens kijken of die Fiat daar staat. Dan sluit ik de deur van de woning weer af.'
Vledder kwam na enkele minuten hoofdschuddend in de Sloterdijkstraat terug.
'Hij staat er niet.'
De trekken op het gezicht van De Cock verhardden.
'Ik vermoed waar hij wel staat.'

Vledder ranselde de Golf over de weg, negeerde op het Haarlemmerplein het rode licht, gierde langs het markante standbeeld van Domela Nieuwenhuis en stoof onder het viaduct door de drukke Spaarndammerstraat in.
De Cock schudde afkeurend zijn hoofd.
'Het is zinloos. Het helpt je niet of je hard rijdt. Je neemt onverantwoorde risico's. Straks regent het klachten uit de buurt.'
Vedder scheen hem niet te horen. Met onverminderde snelheid raasde hij door.
Op de Rigakade, schuin voor Brammetjes oude legerloods, stond met nog zwak brandende koplampen een helgele Fiat vijfhonderd. Vledder stopte pal achter het kleine wagentje en de rechercheurs stapten uit. De Fiat was verlaten, de portieren waren niet afgesloten en de sleutels staken in het contact.
Bezield van angstige voorgevoelens stapte De Cock de oude gammele loods binnen. Vledder volgde. De scheefhangende houten deur klapte achter hen dicht. Het was schemerig donker in de loods en het geurde er muf naar schimmel op rottend hout.
De Cock liet het licht van zijn zaklantaarn voor zich uit dansen. Instinctief wist de oude rechercheur waar hij zijn moest.
Achter in de loods, op resten van jutezakken, lag een lange magere man. Hij was gekleed in een fraaie bruine wintermantel. Op onge-

veer een halve meter van zijn hoofd lag een imposante bontmuts. De lange benen van de man waren iets gespreid. Zijn armen lagen langs zijn lichaam. Van zijn handen staken de vingers omhoog.
De Cock nam de situatie even in ogenschouw. Daarna hurkte hij bij de dode neer. Het licht van zijn zaklantaarn gleed over het achterhoofd van het slachtoffer. In de nek van de dode, even onder de haargrens, ontdekte hij een kleine ronde wond.
Tot zijn verbazing ontbrak de krans van kruitslijm. Het maakte hem nieuwsgierig. Toen hij de kraag van de bruine mantel iets terugtrok, ontdekte hij in de hals een tweede kogelwond.
De oude rechercheur verschoof iets van plaats. Zijn aandacht richtte zich op de handen van de dode. Aan de rechterhand, bij de nagels van wijs- en middelvinger, ontdekte hij kleine bloedsporen.
De Cock schoof weer terug. Hij legde zijn zaklantaarn naast het hoofd van de dode en tilde de rechterschouder iets op. In het lichtschijnsel werd het gelaat van de man zichtbaar. Het schokte de oude rechercheur niet.
Vledder boog diep over hem heen. De hete adem van de jonge rechercheur kriebelde in zijn nek.
'Jelle Poelstra,' hijgde hij.
De Cock knikte.
'Net als Ferdinand de Graaf en Abraham van der Velde afgemaakt met een nekschot.'
De oude rechercheur schudde zijn hoofd.
'Maar dit keer niet zonder slag of stoot. Het eerste schot miste en bij het tweede, dodelijke schot heeft de moordenaar zijn slachtoffer niet zo dicht kunnen benaderen dat rond de wond een krans van kruitslijm ontstond.'
De Cock trok opnieuw de kraag van de bruine mantel terug en toonde Vledder de kogelwond links onder aan de hals van de dode.
'Vermoedelijk was Jelle Poelstra meer op zijn hoede dan de anderen... werd hij niet verrast en zag kans zich te verweren. Aan de nagels van zijn rechterhand zijn herkenbare bloedsporen. Mogelijk vinden we achter de nagels van zijn wijs- en middelvinger nog kleine huiddelen.'
'En dat betekent?'
De Cock kwam overeind.
'Een DNA-beeld van zijn moordenaar.'

De Cock had moeie voeten. Met de broekspijpen tot aan zijn knieën opgerold stak hij zijn behaarde, inbleke benen in een teil dampend water. Parelend bruiszout kriebelde tussen zijn tenen.
Voorovergebogen en met een van pijn vertrokken gezicht streek hij met zijn handen langs zijn enkels. Het leek hem toe dat een legioen venijnige duiveltjes met lange scherpe naalden in de bollen van zijn kuiten prikten. De pijn gaf hem een onbehaaglijk gevoel van verslagenheid.
Hij wist wat die pijn betekende. Wanneer een onderzoek slecht verliep, wanneer hij het idee had steeds verder van de oplossing weg te drijven, togen die venijnige duiveltjes ten aanval en voelde hij zijn voeten. Hij blikte schuins omhoog naar zijn vrouw, die met een zware ketel in haar hand naast hem stond.
'Moet er nog warm water bij?' vroeg ze bezorgd.
De Cock knikte.
'Voorzichtig.' In zijn stem klonk angst.
Ze schonk vanuit de ketel in de teil.
'Nog meer?'
De oude rechercheur maakte een afwerend gebaar.
'Ik hoef niet levend gekookt te worden,' riep hij knorrig. 'Ik ben geen kreeft.'
Mevrouw De Cock lachte. Ze kende de stemmingen van haar man en wist, dat zijn slechte humeur meer met zijn werk dan met zijn voeten te maken had.
'Ben je er nog niet uit?' vroeg ze liefjes.
De Cock schoof zijn benen heen en weer.
'Waaruit?' vroeg hij overbodig.
'De moorden in die oude houtloods.'
De Cock schudde zijn hoofd.
'Ik heb soms het idee dat ik dicht bij de oplossing ben en dan smijt een nieuwe moord al mijn verwachtingen weer op de schroothoop.'
'Je hebt nu toch het DNA van de dader?'
De Cock snoof.
'DNA, afgeleid van het Engelse deoxyribonucleic acid... ook wel DNA-fingerprint genoemd... een biologische vingerafdruk. Dat is mooi als bewijsmiddel... wanneer ik een dader heb. Zonder een dader heb ik niets aan die DNA-fingerprint.'
'Ik dacht dat dat een prachtig nieuw opsporingsmiddel was.'
De Cock schudde zijn hoofd.

'Nog niet. Van de echte vingerafdrukken hebben we een uitgebreid bestand, waarin we kunnen zoeken. Van de DNA-fingerprints hebben we zo'n bestand niet.'
De oude rechercheur grinnikte.
'En voor wij van elke verdachte een DNA-fingerprint mogen maken, zal er nog heel wat water door de Amstel moeten vloeien.'
De Cock trok zijn rechterbeen iets omhoog en liet het water van zijn voet druipen.
'Ik heb het gevoel dat de geur die in die oude loods hangt... die geur van rottend hout... iets met de moorden te maken heeft, maar ik weet niet hoe ik die geur moet inpassen.'
Grommend trok hij zijn andere been uit het water en pakte een handdoek.
Mevrouw De Cock hoorde hem hoofdschuddend aan.
'Maak wat voort, Jurrian,' spoorde ze hem aan. 'Je moet naar de Warmoesstraat.'
De Cock snoof.
'Ik ben avond aan avond op pad. Ze kunnen 's morgens wel een uurtje op mij wachten.'
Mevrouw De Cock zuchtte omstandig.
'Heb je nog moeie voeten?'
'Het is over.'
Mevrouw De Cock wees naar de telefoon.
'Vledder heeft al een paar maal gebeld en gevraagd waar je bleef.'
De oude rechercheur keek op.
'Wat is er? Voelt hij zich eenzaam?'
Het klonk spottend.
Mevrouw De Cock bukte zich en nam de teil onder zijn voeten weg. 'Wat is dat voor een nare opmerking,' riep ze bestraffend. 'Vledder is altijd op tijd. Daar kun jij een voorbeeld aan nemen.'
De Cock bromde, liet zijn broekspijpen zakken en trok zijn sokken aan.
'Jonge mensen kunnen met minder slaap toe,' riep hij humeurig. 'Toen ik zo oud was als hij...'
Mevrouw De Cock onderbrak hem fel. Ze zette kwaad de teil terug op de vloer. Water golfde over de rand.
'Schiet op,' riep ze briesend. 'Die jongen zit op het bureau in moeilijkheden. Vledder heeft een man bij zich die een bekentenis wil doen... alleen aan jou.'

14

Toen rechercheur De Cock toch enigszins gehaast de grote recherchekamer binnenstapte, vond hij Vledder wat bedremmeld achter zijn bureau. De oude rechercheur blikte verwonderd om zich heen.
'Waar is die man, die een bekentenis wilde doen?' vroeg hij scherp.
Vledder keek op.
'Wat ben je laat,' verzuchtte hij. 'Die man zit hier al vanaf negen uur.'
De Cock bromde.
'Ik zat thuis met mijn voeten in een teil met warm water.'
'Moeie voeten?'
De Cock knikte.
'Het kwam plotseling toen ik uit bed stapte. Het duurde gelukkig niet zo lang.'
Vledder duimde opzij.
'Ik heb die man maar zolang in een verhoorkamertje gezet. Ik had wel tegen hem aan kunnen blijven kletsen, maar dat had geen zin. Ik kreeg er niets uit.'
'Wat is het voor een man?'
Vledder trok zijn schouders op.
'Ik heb niet eens zijn naam,' antwoordde hij wrevelig. 'Die wilde hij niet zeggen. Hij was kwaad dat jij er niet was. Hij wilde zijn verhaal alleen kwijt aan rechercheur De Cock.'
De grijze speurder ging achter zijn bureau zitten.
'Ik was er niet.'
Vledder zuchtte.
'Ik maakte hem duidelijk dat het nog wel eens poosje kon duren voordat jij kwam en dat hij alles gerust ook aan mij kon vertellen.'
'En?'
Vledder grijnsde.
'Hij wilde de absolute garantie dat zijn naam in die affaire niet werd genoemd.'
De Cock keek zijn jonge collega verwonderd aan.
'Die garantie had jij hem toch kunnen geven?'
Vledder maakte een hulpeloos gebaar.
'Die wilde hij van mij niet aannemen. Hij zei dat hij alleen maar

vertrouwen had in rechercheur De Cock. Dat heeft hij wel tienmaal herhaald.'
De jonge rechercheur maakte een gebaar van vertwijfeling.
'Ik zat er mee. Ik wilde hem ook voor geen prijs laten gaan.'
De Cock knikte.
'Daarom in het verhoorkamertje.'
'Ik had geen keus.'
De Cock plukte peinzend aan zijn onderlip.
'Heeft hij het woord bekentenis gebruikt?'
Vledder schudde zijn hoofd.
'Niet direct,' sprak hij ontwijkend. 'Hij zei dat hij een belangrijke mededeling had over de moorden in de Houthaven... een mededeling die mogelijk tot een bekentenis van de dader kon leiden.'
'Een dader die hij kent?'
Vledder stak in wanhoop zijn handen omhoog.
'Ik ben niet zo sterk in het verhoren en die vent werkte niet mee.'
De Cock knikte begrijpend.
'Zet hem maar bij mij neer,' sprak hij berustend.
Vledder stond op, liep naar het verhoorkamertje, deed de deur open en wenkte een man naderbij.
De oude rechercheur stond op van zijn stoel en liep met uitgestoken hand op de man toe.
'Mijn naam is De Cock,' riep hij opgewekt. 'De Cock, met ceeooceeka. Het spijt mij dat ik u zo lang heb laten wachten.'
Hij gebaarde glimlachend naar de stoel naast zijn bureau.
'Gaat u zitten,' sprak hij vriendelijk. 'Waarmee kan ik u van dienst zijn?'
De man keek schichtig in de richting van Vledder.
'Moet hij er bij zijn?'
De Cock knikte geruststellend met toegeknepen ogen.
'Mijn jonge collega,' reageerde hij opgewekt. 'Door mij al jarenlang getraind... heeft dezelfde uitzonderlijke karaktereigenschap als ik... als het moet kan hij zwijgen als het graf.'
De man wendde zich tot De Cock.
'Misschien denkt u dat ik een zeurderige oude man ben.' Hij schudde zijn hoofd.
'Ik ben alleen voorzichtig. U, rechercheur, hebt een goede reputatie. Daar vertrouw ik op.'
De Cock knikte hem bemoedigend toe.

'Steek van wal.'
De man verschoof iets op zijn stoel.
'Ik ben bijna vijftig jaar... heb een goede baan... als ik die verlies kom ik op mijn leeftijd nergens meer aan de slag.'
De Cock fronste zijn wenkbrauwen.
'Waarom zou u uw baan verliezen?'
De man aarzelde.
'Wanneer mijn werkgever er achter komt dat ik nu hier bij u zit en mijn verhaal vertel, zal dat absoluut gebeuren. Daarom wil ik van u de zekerheid dat mijn mededeling geheim blijft.'
De Cock kauwde op zijn onderlip.
'Het is mijn taak om een meervoudige moordenaar te ontmaskeren en om bewijzen te verzamelen op grond waarvan de man of vrouw kan worden veroordeeld.'
'Dat begrijp ik.'
'Als ik uw mededeling op een andere wijze kan verifiëren, bestaan er geen moeilijkheden. Maar als uw mededeling uiteindelijk mijn enige bewijslast vormt, dan raak ik in de problemen. Ik beloof u dat ik dan opnieuw contact met u zal opnemen.'
De man knikte.
'Dat klinkt redelijk.' Hij ademde diep. 'Mijn naam is Zwagerman... Johannes Pieter Zwagerman. Iedereen noemt mij gewoon Jan. Ik werk nu al bijna twintig jaar als boekhouder bij Duimslag bv aan de Van der Madeweg in Duivendrecht. Ik heb gehoord dat u kortgeleden nog een bezoek aan ons kantoor heeft gebracht.'
'Dat klopt.'
'Ik las in de krant dat een van de slachtoffers van die geruchtmakende moorden in de Houthaven ene Jelle Poelstra was.'
'Het laatste slachtoffer.'
'Die Jelle Poelstra ken ik.'
'Persoonlijk?'
Zwagerman schudde zijn hoofd.
'Niet persoonlijk. Maar al zo'n twintig jaar maak ik maandelijks een bedrag van vijfhonderd gulden aan hem over.'
De Cock veinsde verbazing.
'Waarvoor?'
Zwagerman grinnikte.
'Voor niets.'
De Cock plukte aan zijn neus.

'Voor niets? Is de bv Duimslag een charitatieve instelling?'
Zwagerman schudde zijn hoofd.
'Absoluut niet. De heer Van Amerongen is een handig zakenman, die naar steeds verdere uitbreidingen streeft en de kosten-baten-analyse van de onderneming nauwlettend in het oog houdt.'
De Cock boog zich iets naar voren.
'Hebt u die vreemde uitgavenpost "Jelle Poelstra" wel eens bij uw directeur ter sprake gebracht?'
Zwagerman knikte nadrukkelijk.
'De heer Van Amerongen is doorgaans een beminnelijk mens, maar toen was hij bepaald onredelijk. Hij zei dat het mij niets aanging... dat ik mij gewoon aan zijn opdrachten diende te houden.'
'En daarbij behoorden de vreemde geldstortingen aan Jelle Poelstra.'
'Ik ben er later nooit meer over begonnen.'
De Cock gleed met zijn pink over de rug van zijn neus.
'Hebt u zelf een idee waarom dat geld maandelijks werd overgemaakt?'
Zwagerman zuchtte.
'Ik heb er gisteravond met mijn vrouw uitgebreid over gesproken. Vanmorgen heb ik mij ziek gemeld. Ik zou toch mijn kop niet bij mijn werk kunnen houden. Het idee spookte door mijn hoofd. Het is vooral op aanraden van mijn vrouw, dat ik naar u ben gestapt.'
De Cock knikte hem toe.
'U hebt een verstandige vrouw.'
Zwagerman plukte een zakdoek uit zijn broekzak en wiste het zweet van zijn voorhoofd.
'Ik... eh,' hakkelde hij, 'mijn vrouw en ik zijn er van overtuigd dat de heer Van Amerongen al die jaren door Jelle Poelstra werd gechanteerd.'
'Waarmee?'
Zwagerman spreidde zijn handen.
'Geen idee. De heer Van Amerongen was de laatste tijd erg nerveus. Vreemd, opgewonden, snauwerig. Zo kende ik hem niet.'
'Hebt u al opdracht gekregen om de betalingen aan Jelle Poelstra te stoppen?'
Zwagerman schudde zijn hoofd.
'Ik heb de heer Van Amerongen al een paar dagen niet op kantoor gezien. En dat is ongewoon... gelooft u mij.'

De boekhouder wreef met de rug van zijn hand langs zijn drooggeworden lippen.
'Ik... eh, ik heb er geen bewijzen voor. Het is meer een gevoel.'
Hij klopte met zijn vuist op zijn borst. 'Hier vanbinnen. Maar ik ben bang dat de heer Van Amerongen zich eindelijk van zijn kwelgeesten heeft verlost.'
De Cock keek hem scherp aan.
'Kwel*geesten*... meervoud?'
Zwagerman knikte.
'Het was een complot tegen hem. Die andere slachtoffers werkten met Poelstra samen.'

Toen de nerveuze heer Zwagerman de recherchekamer had verlaten, vervielen de rechercheurs in een diep stilzwijgen. Een defecte buis van de dag en nacht brandende TL-balken zoemde boven hun hoofd. Het was Vledder die na enige tijd het zwijgen verbrak.
'Michel van Amerongen... moordenaar?'
De Cock krabde zich achter in de nek.
'Het kan.'
'Maar?'
'Het past niet.'
Vledder keek hem vragend aan.
'Waarom past het niet?'
De Cock schudde zijn hoofd.
'Er was geen complot... Michel van Amerongen werd niet door een complot belaagd.'
'Waarom betaalde hij dan?'
De Cock strekte zijn wijsvinger naar zijn jonge collega uit.
'Michel van Amerongen,' antwoordde hij strak, 'betaalde om dezelfde redenen als waarom Ferdinand de Graaf en Abraham van der Velde maandelijks aan Jelle Poelstra betaalden.'
'En dat is?'
De Cock antwoordde niet direct.
'Edith Kuijters,' sprak hij na enig nadenken, 'werd niet alleen door de brute Jelle Poelstra verkracht. Bij die verkrachting in de loods op het Prinseneiland waren ook Ferdinand de Graaf, Abraham van der Velde en... Michel van Amerongen betrokken.'
Vledder keek hem verrast aan.
'Hoe weet je dat?'

De Cock schudde zijn hoofd.
'Het is geen wetenschap op basis van bewijzen. Het is een stelling. Maar ik verzeker je dat ik het bewijs voor die stelling spoedig kan leveren.'
'Hoe?'
De Cock glimlachte.
'Denk daar maar eens over na.'
De oude rechercheur hield zijn wijsvinger gebarend voor zijn neus.
'Toen vader Kuijters,' betoogde hij, 'aangifte deed van verkrachting van zijn dochter Edith, werd alleen Jelle Poelstra gearresteerd, en wel om de eenvoudige reden dat Edith zich alleen die Jelle Poelstra kon herinneren. Van de andere verkrachters had ze geen weet. Die verkrachtingen werden gepleegd toen Edith in staat van bewusteloosheid verkeerde.'
'Een hypothese.'
De Cock knikte.
'En voorlopig niet meer dan dat. Maar ik ben er van overtuigd dat ik gelijk heb.'
De oude rechercheur bracht opnieuw zijn wijsvinger voor zijn neus.
'Jelle Poelstra had bij zijn arrestatie de namen van de mededaders van de verkrachting van Edith Kuijters kunnen noemen. Hij deed dat niet.'
De blik van Vledder verhelderde.
'Hij liet zich voor zijn stilzwijgen betalen.'
De Cock knikte.
'Chantage,' sprak hij met zichtbaar genoegen. 'En het feit dat de betrokkenen al die jaren trouw voor het zwijgen van Jelle Poelstra bleven betalen, is volgens mij het bewijs dat mijn stelling juist is.'
Vledder boog zijn hoofd.
'Je hebt gelijk,' sprak hij timide. 'Zo is het beslist geweest.' Hij zweeg even. 'Maar daarmee lossen wij de moorden nog niet op.'
De Cock kwam uit zijn stoel overeind en slenterde naar de kapstok.
'Waar ga je heen?'
De Cock draaide zich half om.
'De eerste stap doen naar de oplossing.'
'En dat is?'
'Bussum.'

Het was druk op de A1. Voor de brug bij Muiden stonden ze muurvast in een file. De Cock keek even naar al die auto's om hem heen en liet zich toen onderuitzakken. De rand van zijn hoedje schoof hij tot op de rug van zijn neus.
Vledder stootte hem aan.
'Wat doen we in Bussum?'
De Cock kwam enigszins geprikkeld weer omhoog en schoof zijn hoedje terug.
'Je hebt je dag niet,' sprak hij hoofdschuddend. 'Echt, je moet vanavond vroeger naar bed.' Hij glimlachte.
'In Bussum, herinner je je nog, woont Michel van Amerongen. En omdat de heer Johannes Pieter Zwagerman zegt dat de directeur van de doe-het-zelfketen al een paar dagen niet op zijn kantoor is verschenen, neem ik aan dat hij thuis is.'
Er kwam langzaam beweging in de file. Ook na de brug zat het verkeer vast. Maar de carpoolstrook bleef tergend ongebruikt.
Vledder blikte opzij.
'Heb je zijn adres?'
De Cock knikte.
'Boekhouder Zwagerman wist het uit zijn hoofd... Jan Toebacklaan honderdtwaalf.'
'Denk je dat Michel van Amerongen bereid is om ons te vertellen waarmee hij door Jelle Poelstra werd gechanteerd?'
'Absoluut.'
Vledder keek hem verrast aan.
'Vanwaar die zekerheid?'
De Cock trok zijn gezicht strak.
'Omdat ik wellicht de enige man ben, die hem in leven kan houden.'
Vledder liet van schrik zijn stuur even los.
'Wat?' riep hij geschrokken. 'Jij... jij bent de enige man die hem in leven kan houden?'
In zijn stem trilde onbegrip.
De Cock wees naar het bord Bussum-Naarden.
'Je moet hier rechtsaf.'

De Jan Toebacklaan was een smalle doodlopende laan met aan het eind een gerenommeerd hotel. Vledder parkeerde de Golf half op het trottoir en de rechercheurs stapten uit.

Nummer honderdtwaalf bleek een fraaie villa met een brede oprijlaan van knarsend grind.

Op het bellen van De Cock werd de deur geopend door een knappe vrouw in een zwarte nauwsluitende japon. De oude rechercheur schatte haar op achter in de dertig. Ze had bruine ogen die grappig contrasteerden met haar lichtblonde haar. Rond haar volle lippen, licht aangezet in ceriserood, lag een zorgelijke trek.
De grijze speurder lichtte beleefd zijn hoedje.
'Mijn naam is De Cock,' sprak hij vriendelijk. 'De Cock met ceeooceeka.' Hij wees opzij. 'Dat is mijn collega Vledder. Wij zijn rechercheurs van het bureau Warmoesstraat in Amsterdam.' Hij glimlachte. 'U... eh, u bent mevrouw Van Amerongen?'
'Zeker.'
'Wij wilden graag een gesprek met uw man.'
Mevrouw Van Amerongen schudde haar hoofd.
'Mijn man is er niet.'
'Enig idee waar ik hem kan vinden?'
Mevrouw Van Amerongen aarzelde even.
'Hebt u een arrestatiebevel?'
De Cock toonde verbazing.
'Verwacht u dat wij zo'n bevel bij ons hebben?'
Mevrouw Van Amerongen maakte een onzeker gebaar.
'Ik weet niet meer wat ik moet verwachten.'
De Cock bracht zijn beminnelijkste glimlach.
'Maakt u zich geen zorgen,' sprak hij geruststellend. 'Ik ben niet van plan om uw man te arresteren.'
Mevrouw Van Amerongen deed een stap opzij.
'Komt u binnen. Mijn man is naar de bank. Ik verwacht hem elk ogenblik terug.'
Ze ging de rechercheurs voor naar een ruim vertrek met een indrukwekkende schouw en liet hen plaatsnemen in witlederen fauteuils. Handenwringend ging ze tegenover De Cock zitten.
'Wat is er met mijn man?' vroeg ze met een zweem van wanhoop.
'Hij gedraagt zich vreemd de laatste dagen. Hij is schichtig... nerveus... rookt de ene sigaret na de andere.'
De Cock keek haar schuins aan.
'Hebt u hem zelf niet gevraagd wat hem scheelt?' vroeg hij ontwijkend.

Mevrouw Van Amerongen knikte.
'Hij zegt dat er niets aan de hand is... dat ik mij muizenissen in mijn hoofd haal... dat hij wat op adem wil komen... dat hij gewoon een poosje uit de drukte in Amsterdam weg wil.'
De Cock keek haar onderzoekend aan.
'En u vermoedt, dat hij liegt?'
Mevrouw Van Amerongen sloot even haar ogen.
'Ik ben bijna twintig jaar met hem getrouwd. Ik ken hem toch. Hij kan... en mag mij ook niets wijs maken.'
Ze boog zich iets naar voren.
'Ik ben bang, rechercheur,' sprak ze ernstig. 'Ik ben echt bang. En ik weet dat ook hij bang is... al wil hij dat niet toegeven.'
De Cock kneep rimpels in zijn voorhoofd.
'Bang... voor wie... voor wat?'
Mevrouw Van Amerongen maakte een wanhopig gebaar.
'Dat weet ik niet.'
'Weet uw man het?'
'Misschien. Maar hij wil niets zeggen.'
De Cock kwam overeind. Hij had een deur horen dichtslaan. Enkele seconden later kwam Michel van Amerongen de kamer binnen. Zijn gezicht zag grauw. Verschrikt keek hij van De Cock naar Vledder en terug.
'Wat komt u doen... in Bussum?'
De Cock strekte zijn rechterarm naar hem uit.
'U dwingen tot een gesprek onder vier ogen.'
De heer Van Amerongen slikte. Zijn adamsappel danste op en neer.
'Onder vier ogen?'
De Cock knikte.
'Het is tijd voor een bekentenis.'

15

Rechercheur De Cock zat naast Vledder op de Rigakade in de donkere laadruimte van een oude gammele bestelbus met op de buitenkant als opschrift de naam van een niet-bestaand aannemersbedrijf. Hij had de bestelauto tijdelijk van het hoofdbureau te leen. Het onooglijke busje werd door de rechercheurs van kamer honderdnegentien zo nu en dan als geheime observatiepost gebruikt.
Vanuit een kijkgat zag hij aan de overkant van de weg het silhouet van de oude legerloods tegen het vale maanlicht afsteken. Rondom de oude loods was het aardedonker, maar De Cock wist dat bij zijn signaal de voor- en achterkant van de loods in het flood-light van de schijnwerpers zou staan. De technische dienst had op zijn aanwijzingen de daarvoor nodige voorzieningen getroffen.
De Cock had een beroep gedaan op zijn collega's Appie Keizer en Fred Prins. Zoals steeds hadden zij blijmoedig hun medewerking toegezegd. Appie Keizer acteerde als een in lompen gehulde oude zwerver, terwijl de zwaargebouwde Fred Prins de achterkant van de loods bewaakte.
Toch was De Cock er niet geheel gerust op dat zijn plan zou slagen. Er kon nog van alles misgaan. De gehele opzet berustte op zijn theorie, dat de moordenaar die oude legerloods opnieuw als plaats delict zou gebruiken. Hij was er zelfs van overtuigd dat de man of vrouw buiten die loods niet tot een moord in staat zou zijn, omdat hij of zij dan de geur van rottend hout zou missen. Het was een theorie waarin hij rotsvast geloofde.
De oude rechercheur blikte op de verlichte wijzerplaat van zijn polshorloge. De afspraak, zo zag hij, die Michel van Amerongen had gemaakt, vond al vijf minuten geleden plaats. Het was niet precies te voorzien op welk tijdstip hij met zijn gezelschap bij de loods zou verschijnen.
De mobilofoon in de binnenzak van zijn regenjas kraakte.
De stem van Appie Keizer kwam door.
'Voor mij uit loopt een man in de richting van de loods. Ik durf hem niet dichter te benaderen. Hij heeft al een keer omgekeken.'
De Cock stootte Vledder aan.
'Heb je Appie verstaan?'

'Ja.'
'Als het onze man is dan moet hij straks binnen het bereik van je nachtkijker komen. Mocht hij inderdaad de loods binnengaan, noteer dan exact het tijdstip waarop dat gebeurt. Kijk of je hem herkent. Jij hebt betere ogen dan ik.'
Vledder ademde zwaar.
'Daar komt een man.'
'Kan je zijn gezicht zien?'
'Nee.'
'Houd hem in beeld.'
Vledder slikte.
'Hij gaat de loods binnen... weg. Ik zie niets meer.'
De Cock voelde hoe de spanning bezit van hem nam. Zijn hart bonkte in een hoog tempo en een ader pulseerde in zijn hals.
De mobilofoon in de binnenzak van zijn regenjas kraakte opnieuw. De stem van Appie Keizer kwam door.
'Pas op, daar komt een auto.'
Met geringe snelheid naderde op de Rigakade een wagen.
Vledder hijgde.
'De Mercedes van Michel van Amerongen.'
De Cock tuurde gespannen door het kijkgat. Uit de wagen stapten een man en een vrouw. Plotseling rende de man van haar weg, werd opgeslokt door de schaduw van een belendend kantoorgebouw.
De vrouw had de actie van de man duidelijk niet verwacht. Secondenlang bleef ze besluiteloos staan. Toen ging ze aarzelend de loods binnen.
Met een megafoon in zijn hand stormde De Cock achter Vledder aan de laadruimte van de bestelauto uit.
'Licht,' brulde hij.
Nog geen seconde later baadden de voor- en de achterzijde van de loods in een zee van licht.
De Cock bracht de megafoon voor zijn mond.
'De loods is omsingeld,' brulde hij. 'Kom met uw handen omhoog naar buiten.'
Voorzichtig liep de oude rechercheur dichter op de loods toe. Niemand reageerde. In het inwendige van de loods klonk plotseling gedempt het geluid van een schot. Even later kwam de vrouw naar buiten. In het felle licht was haar gezicht goed te zien. Slecht geca-

moufleerd door zware make-up waren op haar linkerwang twee diepe krabwonden zichtbaar.
De Cock bleef voor haar staan. Zijn gezicht was een stalen masker.
'Adelheid van Heerlen... waar is je broer?'
Als verdoofd staarde ze hem aan.
'Martin,' sprak ze onbewogen. 'Ga binnen maar kijken.'

De Cock deed de deur van zijn woning open. Voor hem, op de stoep, stond Vledder. Het gezicht van de jonge rechercheur stond somber.
'Ik heb geen bloemen voor je vrouw meegenomen,' sprak hij hoofdschuddend. 'Ik was daar niet voor in de stemming. Ik kom net van het AMC. Martin van Heerlen is dood. Ze hebben in het ziekenhuis nog geprobeerd om zijn leven te redden, maar de kogel die hij zich door het hoofd joeg, had te veel hersenweefsel beschadigd.'
'Heeft hij nog iets gezegd?'
'Nee.'
'Kom erin. Alle warmte vliegt de deur uit.'
'Zijn de anderen er al?'
De Cock knikte.
'Appie Keizer en Fred Prins zitten binnen. Ze hebben het hoogste woord.'
Mevrouw De Cock liep in de hal op Vledder toe en begroette hem hartelijk. De jonge rechercheur schonk haar een verlegen lachje.
'De volgende keer neem ik weer rozen voor u mee.'
Mevrouw De Cock lachte.
'Ook zonder rozen ben je welkom.'
Ze liepen met hun drieën de huiskamer binnen.
Fred Prins keek naar Vledder op.
'Wat is er met jou?' riep hij verrast. 'Je hebt een gezicht van oude lappen.'
De Cock nam het woord.
'Dick komt net van het AMC,' legde hij uit. 'Martin van Heerlen is dood.'
Fred Prins zuchtte.
'Ik zag gisteravond al dat hij niet meer te redden was. Het verwondert mij dat hij nog uren heeft geleefd.'
Mevrouw De Cock verbrak de sombere stemming.

'Gaan jullie toch zitten,' riep ze wat geprikkeld. 'Het was die man zijn eigen keuze. Het is niet terecht om daar verdrietig over te doen. Ik vind dat zo'n eigen keuze respect verdient.'
De Cock en Vledder namen plaats. De oude rechercheur vatte de fles fijne cognac Napoleon, die hij speciaal voor dergelijke gelegenheden in voorraad hield. Hij vulde ruim de bodem van de diepbolle, voorverwarmde glazen en reikte die zijn vrienden aan. Daarna hield hij zijn glas omhoog.
'Ik proost op het leven,' sprak hij plechtig. Hij keek in de richting van zijn vrouw. 'Niet op de dood. Als ik dit einde had voorzien, had ik wellicht voor een andere oplossing gekozen.'
Vledder reageerde.
'Was er een andere oplossing mogelijk?'
De Cock nam een slok van zijn cognac.
'De moeilijkheid was,' sprak hij gedragen, 'dat ik tot kort voor de ontknoping geen idee had wie verantwoordelijk was voor de moorden op Ferdinand de Graaf, Abraham van de Velde en Jelle Poelstra. Ik had alleen een flauw vermoeden over het motief.'
Vledder keek hem niet-begrijpend aan.
'Hoe?'
De Cock glimlachte.
'Door de verkrachting van Edith Kuijters en de chantage door Jelle Poelstra. Door die chantage kreeg ik het beeld van het viermanschap, Ferdinand de Graaf, Brammetje, Jelle Poelstra en Michel van Amerongen... in het verleden vrienden uit dezelfde buurt. Waardoor, zo vroeg ik mij af, was er bij iemand het plan gerijpt om die vier mannen stelselmatig af te maken. Er moest in het verleden iets zijn gebeurd... iets wat dat plan rechtvaardigde. Maar wat?'
De Cock pauzeerde even.
'Ik vermoedde dat het viertal niet alleen Edith Kuijters had verkracht, maar dat er in die oude loods op het Prinseneiland door het viertal meerdere verkrachtingen waren gepleegd.
De biecht... zo zal ik het maar noemen... Van Michel van Amerongen bevestigde dat. Het viertal voerde in de buurt rond het Prinseneiland een waar schrikbewind. Van Amerongen wist zich niet eens meer te herinneren hoeveel meisjes door hen waren verkracht. Het is bijna onbegrijpelijk dat die jongens zolang ongestraft hun gang hebben kunnen gaan. Er werd nooit aangifte tegen hen gedaan.'
De Cock zweeg even.

'Michel van Amerongen,' ging hij verder, 'begreep al voor zijn onderhoud met mij, dat hij mogelijk het vierde slachtoffer van de moordenaar zou worden. Daarom was hij ook onmiddellijk bereid om zijn medewerking te verlenen. Ik prentte hem één ding in: wat er ook gebeurt... ga nooit die oude loods binnen.'
Fred Prins boog zich naar voren.
'Nu heb ik nog niets gehoord over die Martin van Heerlen en zijn zuster.'
De Cock nam nog een slok van zijn cognac.
'Ik heb vannacht urenlang met Adelheid van Heerlen gesproken en uit dat gesprek is mij veel duidelijk geworden. Martin had twee zusters, Adelheid en Mirjam. Omdat hun ouders vrij jong stierven en er geen familie was om de kinderen op te vangen, kwamen ze alle drie bij een pleeggezin terecht. Dat pleeggezin woonde zo'n vijfentwintig jaar geleden op de Bickersgracht.'
Vledder stak zijn wijsvinger omhoog.
'Pal bij het Prinseneiland.'
De Cock knikte.
'De pleegouders kenden de reputatie van het viertal jongemannen en waarschuwden Martin en zijn zusters om uit hun buurt te blijven.'
Fred Prins grijnsde.
'Ik kan het raden. Mirjam en Adelheid werden in die loods verkracht.'
De Cock zuchtte.
'En Martin was getuige. Van achter een paar houten tonnen zag hij toe hoe de jongens zich aan zijn beide zusters vergrepen. Hij hoorde hun angstkreten, maar durfde niet in te grijpen. In machteloze woede zag hij toe en in zijn hart kroop de haat.
Een jaar later pleegde Mirjam zelfmoord. Martin schreef die zelfmoord op het conto van het viertal. Adelheid, die uitgroeide tot een mooie vrouw, kon een toenadering van mannen niet verdragen en bleef ongehuwd. Ook dat beschouwde Martin van Heerlen als het gevolg van haar verkrachting.'
Fred Prins fronste zijn wenkbrauwen.
'Martin van Heerlen is toch advocaat geworden?'
De Cock knikte.
'Na de zelfmoord van Mirjam werden Martin en Adelheid bij een ander pleeggezin ondergebracht... het echtpaar Van Meeteren op de

Apollolaan. Een hele andere buurt dan de Bickersgracht. Richard van Meeteren, die samen met meester De Bruijn op de Keizersgracht een advocatenkantoor runde, liet Martin van Heerlen rechten studeren en nam hem later in zijn zaak op.'

Appie Keizer vroeg om aandacht.

'Waarom wachtte die Martin van Heerlen zo lang met zijn wraakoefening? Hij had toch al veel eerder kunnen toeslaan?'

De Cock plukte aan het puntje van zijn neus.

'De geur van rottend hout.'

'Wat?'

De Cock glimlachte.

'De geur van rottend hout. Ik werd op die geur attent gemaakt door een opmerking van Brammetje, die het niet vreemd vond dat Ferdinand de Graaf in zijn loods vermoord werd gevonden. De Graaf nam vaker vrouwen mee naar die oude loods in de Houthaven. De geur die daar hing, de geur van rottend hout, wond hem op.

Ik vroeg mij af hoe het mogelijk was dat de geur van rottend hout iemand opwond. Pas toen Jelle Poelstra mij vertelde dat in die oude loods op het Prinseneiland altijd de geur van rottend hout hing, begreep ik de opwinding. Ferdinand de Graaf verbond die geur met zijn seksuele ervaringen tijdens de verkrachtingen die hij daar had gepleegd.'

Fred Prins schudde zijn hoofd.

'Ik snap het nog niet. Wat had die geur van rottend hout met Martin van Heerlen van doen?'

De Cock spreidde zijn handen.

'Het omgekeerde effect. Martin van Heerlen koppelde de geur van rottend hout aan de haat, angst en machteloze woede, die hij onderging toen zijn zusters werden verkracht.'

Fred Prins schudde zijn hoofd.

'Dat is nog geen antwoord op de vraag van Appie Keizer, waarom hij zo lang met zijn wraakoefening wachtte.'

De Cock zuchtte diep.

'Martin van Heerlen was vermoedelijk nooit tot zijn wraakoefening overgegaan... als hij niet weer in contact was gekomen met die geur van rottend hout. Als advocaat leerde Martin van Heerlen zijn cliënt Abraham van der Velde kennen. Brammetje werd door zijn compagnon van fraude beschuldigd. Tijdens een van de bespre-

kingen voorafgaande aan het proces, liet Brammetje hem zijn oude schuur zien.'
Vledder keek De Cock met grote ogen aan.
'En Martin van Heerlen onderging door de geur in die loods opnieuw de angst, de woede, de machteloosheid en de haat jegens de vier mannen die zijn zusters hadden verkracht.'
De Cock knikte hem bemoedigend toe.
'Heel goed. Martin polste zijn zuster Adelheid over zijn plannen om het viertal alsnog te liquideren. Adelheid stemde toe. Ook bij haar was de haat jegens de vier mannen nog niet vervlogen. Ze nam zelfs het initiatief. Ze zocht contact met Ferdinand de Graaf. Een makkelijke prooi, die zich gewillig naar de loods in de Houthaven liet leiden.
Omgeven door de geur, die haat en woede bij hem losweekte, was Martin van Heerlen in staat om zijn moordenaarswerk te doen. De enige fout die Adelheid maakte, was dat zij aan De Graaf haar ware naam had genoemd. De Graaf noteerde de afspraak met haar in zijn kantoor op een kladje. Toen Vledder en ik daarop reageerden, begrepen beiden dat zij bij de volgende slachtoffers een andere tactiek moesten volgen.
Brammetje werd 's avonds naar zijn eigen loods gelokt omdat Adelheid zich telefonisch als Mathilde de Graaf meldde.'
Vledder stemde in.
'Maar er wel voor zorgde dat Brammetje haar stem niet hoorde.'
De Cock gebaarde.
'De aanval op Jelle Poelstra werd bijna een mislukking. Jelle Poelstra, die nogal onhandig was in zijn omgang met vrouwen, liet zich door Adelheid van Heerlen in zijn helgele Fiat gewillig naar de loods in de Houthaven leiden. Maar in de loods probeerde hij Adelheid te verkrachten. Het werd een gevecht, waardoor het eerste schot van Martin van Heerlen mislukte.
Jelle Poelstra klemde zich aan Adelheid vast en krabde in haar gezicht. Eerst het tweede schot van Martin bracht een eind aan zijn leven.'
De Cock leunde achterover in zijn fauteuil. De lange uiteenzetting had hem vermoeid. Na enige minuten boog hij zich naar voren en schonk nog eens in.
'Heeft iemand nog iets te vragen?'
Appie Keizer stak zijn arm omhoog.

'Martin van Heerlen is dood. Wat doe je met Adelheid van Heerlen?'
De Cock keek triest voor zich uit.
'We kunnen haar medeplichtigheid of mededaderschap ten laste leggen. Ik denk dat de officier van justitie bij zijn aanklacht voor mededaderschap zal kiezen. Al loste Martin de fatale schoten, in feite is haar aandeel net zo groot.'
De Cock keek de kring rond.
'Nog iemand?'
Fred Prins en Vledder schudden hun hoofd.
Het gesprek werd algemener en de opzienbarende moorden in de loods aan de Houthaven zakten wat op de achtergrond.
Mevrouw De Cock kwam uit de keuken met schalen vol lekkernijen en liep presenterend rond. De oude rechercheur placht op strikt vertrouwelijke momenten wel eens te onthullen dat hij zijn lang en gelukkig huwelijksleven mede dankte aan de culinaire gaven van zijn vrouw.
Het was al vrij laat toen de laatste gasten vertrokken. De Cock liet zich in zijn fauteuil onderuitzakken en schonk zich nog eens in. Zijn vrouw schoof een poef bij en kwam naast hem zitten.
'Hoe kijk jij terug op deze zaak?'
De Cock trok zijn schouders op.
'Een karwei, zoals zo vele.'
Ze schudde haar hoofd.
'Dat bedoel ik niet. Ik bedoel het soort gerechtigheid dat Martin van Heerlen pleegde.'
De Cock trok zijn gezicht in een ernstige plooi.
'Je moet teruggaan naar de bron. Vier jongens plegen verkrachtingen en verwoesten daarmee drie levens... het leven van Mirjam, Adelheid en Martin. Adelheid en Martin liquideerden drie van hen. Men zou dit een vorm van gerechtigheid kunnen noemen.'
'Is dat zo?'
De Cock schudde zijn hoofd.
'Er zullen altijd jeugdbendes blijven en er zullen altijd verkrachtingen worden gepleegd. Maar de gevolgen behoeven niet zo verschrikkelijk te zijn... niet zo afschuwelijk... niet zo gewelddadig. Edith Kuijters vond ondanks haar verkrachting de weg naar een gelukkig leven.'
Mevrouw De Cock keek haar man vertederd aan.

'Soms, Jurrian,' sprak ze zacht, 'denk ik dat je toch te lief bent voor dit werk.'

BAANTJER

De Cock en moord bij maanlicht

In Amsterdam vestigt zich, in een pand van een voormalige drukkerij, de sekte *De Zoekers van Osiris*. Niet lang daarna wordt op de Kalkmarkt een psychiater geliquideerd. De sekte en de moord lijken met elkaar te maken te hebben. Althans, rechercheur De Cock (met ceeooceekaa) en zijn assistent Vledder worden in die denkrichting geduwd. Zéér tegen de wens van De Cock in, wordt de BVD (Binnenlandse Veiligheids Dienst) bij de zaak van de psychiater betrokken. Waarom? De psychiater had ministers onder zijn patiënten...
Het wordt een ingewikkelde kwestie, die Vledder doet opmerken: 'Waarom raken wij altijd in van die bizarre zaken verwikkeld?'

De volgende boeken van Baantjer zijn bij de Fontein verschenen:

1	1963	De Cock en een strop voor Bobby
2	1965	De Cock en de wurger op zondag
3	1965	De Cock en het lijk in de kerstnacht
4	1967	De Cock en de moord op Anna Bentveld
5	1967	De Cock en het sombere naakt
6	1968	De Cock en de dode harlekijn
7	1969	De Cock en de treurende kater
8	1970	De Cock en de ontgoochelde dode
9	1971	De Cock en de zorgvuldige moordenaar
10	1972	De Cock en de romance in moord
11	1972	De Cock en de stervende wandelaar
12	1973	De Cock en het lijk aan de kerkmuur
13	1974	De Cock en de dansende dood
14	1978	De Cock en de naakte juffer
15	1979	De Cock en de broeders van de zachte dood
16	1980	De Cock en het dodelijk akkoord
17	1981	De Cock en de moord in seance
18	1982	De Cock en de moord in extase
19	1982	De Cock en de smekende dood
20	1983	De Cock en de ganzen van de dood
21	1983	De Cock en de moord op melodie
22	1984	De Cock en de dood van een clown
23	1984	De Cock en een variant op moord
24	1985	De Cock en moord op termijn
25	1985	De Cock en moord op de Bloedberg
26	1986	De Cock en de dode minnaars
27	1987	De Cock en het masker van de dood
28	1987	De Cock en het lijk op retour
29	1988	De Cock en moord in brons
30	1988	De Cock en een dodelijke dreiging
31	1989	De Cock en moord eerste klasse
32	1989	De Cock en de bloedwraak
33	1990	De Cock en moord à la carte
34	1990	De Cock en moord in beeld
35	1991	De Cock en danse macabre
36	1992	De Cock en een duivels komplot
37	1992	De Cock en de ontluisterende dood
38	1992	De Cock en het duel in de nacht
39	1993	De Cock en de dood van een profeet
40	1993	De Cock en kogels voor een bruid
41	1994	De Cock en de dode meesters
42	1994	De Cock en de sluimerende dood
43	1995	De Cock en 't wassend kwaad
44	1995	De Cock en het roodzijden nachthemd
45	1996	De Cock en moord bij maanlicht
46	1996	De Cock en de geur van rottend hout

Andere titels van Baantjer:
De dertien katten
Misdaad in het verleden
Een Amsterdamse rechercheur
Rechercheur Baantjer van bureau Warmoesstraat vertelt, deel 1 t/m 8

Verkrijgbaar bij de boekhandel